Mille battements d'ailes

DU MÊME AUTEUR

Plus jamais harcelés. En finir avec les violences entre adolescents, Vuibert, 2023.

Les Pouvoirs insoupçonnés de l'intuition. Développer son sixième sens, élargir sa conscience et trouver le chemin de la guérison, Larousse, 2023.

Osez votre singularité, Eyrolles, 2022.

50 exercices pour les ultrasensibles, Eyrolles, 2022.

Lettre ouverte aux âmes sensibles qui veulent le rester. L'hypersensibilité est l'avenir du monde !, Larousse, 2021.

Car la vie n'est que passages (roman), Leduc, 2021.

Ne passez plus à côté de votre vie. Il est temps de vivre !, Flammarion, 2021.

J'ai rêvé que je te rejoignais dans ton voyage (roman), Eyrolles, 2021.

La Charge affective. Comment éviter le burn-out émotionnel, Larousse, 2020.

Faire la paix avec sa famille. Comment retrouver des relations harmonieuses, Larousse, 2020.

L'Hypersensibilité pour les nuls, First, 2020.

Se libérer du complexe de Cendrillon. Trouver l'audace de vivre, Eyrolles, 2020.

Ultrasensibles au travail. Le guide de survie pour affirmer sa sensibilité au bureau, avec son chef, ses collègues, Eyrolles, 2019.

Comme un enfant. Le roman initiatique pour les parents d'enfants hypersensibles (roman), Leduc, 2019.

Attention, cœurs fragiles ! Les hypersensibles et l'amour, Eyrolles, 2018.

Ces amitiés qui nous transforment, Eyrolles, 2018.

La Subjectivité face au désastre. Subjectivation et catastrophes, L'Harmattan, 2018.

La Marque chez le psychanalyste. De l'inconscient de la marque au marketing discret, Bréal, 2018.

J'aide mon enfant hypersensible à s'épanouir. Du tout-petit à l'adolescent, comment apprivoiser son hypersensibilité, Leduc, 2018.

Derrière le mur coule une rivière. Le roman initiatique du lâcher-prise (roman), Leduc, 2018.

À fleur de peau (roman), Leduc, 2017.

[Suite à la fin de l'ouvrage]

Saverio Tomasella

Mille battements d'ailes

Robert Laffont

Illustrations : Ondrej Bederka.

ISBN : 978-2-221-25383-0
Dépôt légal : novembre 2023
Éditions Robert Laffont – 92, avenue de France 75013 Paris

« Ne regrette pas la nuit ! Car la lumière
est plus merveilleuse que tout.
Chaque transition est une épreuve...
Le temps de la poussée nouvelle est arrivé. »
Gitta Mallasz,
Dialogues avec l'Ange

« Les rues autour de moi se déformaient
à cause des larmes dans mes yeux,
et en silence, sous ma peau,
j'ai dit adieu au passé. »
Édouard Louis,
Changer. Méthode

« *For last year's words belong*
to last year's language
And next year's words
await another voice[1]. »
T. S. Eliot,
Four Quartets

1. « Car les mots de l'an passé appartiennent au langage de l'an passé
Et les mots de l'an prochain attendent une autre voix » [T.d.A.]

Je dédie ce roman à toutes les créatrices
et tous les créateurs du monde nouveau.

Prologue

Amsterdam, début octobre

— C'est fini. Déjà…

Pantalon ocre, pull fauve et baskets caramel, Loïc plie un blouson dans les mêmes teintes pour le ranger au-dessus de lui, avec celui de sa compagne, elle aussi en tenue de week-end. Il les dépose à côté de son sac en toile. Il s'assied confortablement, puis scrute l'horizon par la fenêtre du train qui s'ébranle. Un soupir involontaire lui échappe.

— Ça va, mon chéri ? s'enquiert Diane, assise à côté de lui.

— J'adore Amsterdam, j'adore cette ville. J'aime beaucoup venir aux Pays-Bas. Je m'y sens bien, comme chez moi.

— On reviendra, c'est promis. Moi aussi, j'aime ce pays pas comme les autres.

— La gare d'Amsterdam est un modèle d'architecture contemporaine, continue Loïc en observant derrière lui le bâtiment s'éloigner à mesure que le train prend de la vitesse. Beaucoup plus réussie que celle de Genève ou de Bruxelles.

— C'est vrai... Toi, tu la considères avec ton point de vue d'architecte. Je crois que je préfère celle d'Utrecht. Elle est encore plus originale.

Poussant un nouveau soupir, Loïc se retourne et regarde devant lui. Puis il ferme les yeux pour se remémorer les meilleurs moments de son voyage. D'abord sa conférence à La Haye – une ville aérée très agréable, aux atmosphères diversifiées, qu'il ne connaissait pas encore. Il a pu y aborder un de ses thèmes de prédilection : l'architecture urbaine de demain, respectueuse de la nature et de la sensibilité de ses habitants, plus particulièrement de leur besoin d'espace, de calme, de lumière, de convivialité. Puis leur séjour chez des amis de longue date, à Naarden, pour fêter leurs vingt ans de vie commune. La visite d'Utrecht, seul avec Diane, qui aime tellement cette ville inclassable, moderne et plongée dans l'Histoire, offrant une qualité de vie exceptionnelle. Là, ils se sont amusés toute la journée, comme deux adolescents en balade. Ils ont bravé les averses, se sont réfugiés dans des pubs aux murs recouverts de boiseries ; profitant des accalmies et du retour du soleil, ils ont découvert de nouveaux quartiers, des petites rues tranquilles où le temps s'étire, où l'on sent qu'il ferait bon vivre. Enfin, une réunion prometteuse à Amsterdam, avec des collègues néerlandais et danois, pour travailler ensemble sur le projet d'une ville nouvelle, vraiment révolutionnaire… Tant de bons moments qui lui font chaud au cœur. Plein de reconnaissance, il serre la main de Diane dans la sienne, en l'embrassant sur la joue.

— Tu piques ! Tu aurais pu te raser, plaisante-t-elle, sachant son peu de goût pour la chose.

Le tempérament authentiquement bohème de Loïc ne cesse de charmer la jeune femme depuis leur toute première rencontre.

— Je viens de recevoir un long texto de ma mère, poursuit-elle. Tout va bien. Apparemment, Maëva est enchantée. Elle a plein de choses à nous raconter. Ma mère insiste pour qu'on n'hésite pas à la leur confier quand nous partons en vadrouille.

— C'est sympa de sa part, et je suis complètement d'accord. J'aime beaucoup me retrouver seul avec toi, tu le sais ! déclare Loïc avec un sourire charmeur.

Il pose un baiser appuyé - et sonore - sur les lèvres de Diane.

— J'ai adoré me promener ce matin malgré la pluie.

— Oui, moi aussi, j'ai beaucoup aimé. Surtout ce jeune couturier du quartier du Jordaan, aussi décontracté que créatif, qui ose tous ces tissus colorés et bariolés. En France, personne ne proposerait des tons aussi audacieux et ces mélanges improbables. Le bon goût nous étouffe ! Les conventions, surtout…

— Je suis bien d'accord. Cela nous empêche d'inventer vraiment. Ici, les gens sont beaucoup plus libres, gourmands, bons vivants. Et leurs cheesecakes, un délice !

— Comment s'appelle ce café, déjà ? Sur la Haarlemmerstraat ?

— Stuyvesant, je crois.

— Oui, c'est ça. On y retournera aussi pour déjeuner, si ça te dit.

— Bien sûr que ça me dit. Dès demain, si tu veux, propose-t-il en souriant de nouveau.

Diane sort une revue de son sac. Elle se plonge rapidement dans la lecture approfondie d'un article sur les soins thérapeutiques s'appuyant sur la régulation des énergies subtiles dans le corps. Elle est passionnée par la recherche en psychologie et s'intéresse depuis peu à des notions plus spirituelles. Cela fait longtemps qu'elle rêve de réaliser un documentaire sur la sensibilité, mais elle n'a trouvé aucun producteur prêt à investir suffisamment d'argent pour le mener à bien, même en le centrant sur les émotions, davantage à la mode. Alors, elle se console en imaginant qu'elle va découvrir un bon sujet, probablement plus impliquant, comme celui des énergies, des soins énergétiques plus précisément.

— Ce qui est terrible, soupire-t-elle, pensive, c'est que l'argent va toujours aux grosses productions commerciales, pour des films faciles, qui n'entraînent pas de réflexion de fond mais rapportent gros. Je rêve d'un monde qui accorderait plus de place à l'intelligence, au sensible, à l'originalité.

— Et à la nature ! renchérit Loïc.

— Oh oui, murmure Diane pour ne pas gêner les voyageurs du voisinage. Si ce n'est pour nous, au moins pour nos enfants.

Loïc acquiesce, sort son ordinateur portable et se met à lire un dossier sur les enjeux des villes du futur.

— Tiens, Rotterdam, dit-il en faisant un clin d'œil à Diane, alors que le Thalys s'arrête un peu brusquement. La ville de notre rencontre !

Le temps file. Le train fend le paysage plat et brumeux. Au chaud dans la cabine confortable aux fauteuils rouges, Loïc découvre un article intitulé « Le monde d'après, ce qui va changer ». Des études récentes repèrent quatre grandes mutations : équilibrer travail et vie privée ; vivre de façon plus naturelle ; se recentrer sur l'essentiel ; être plus présent pour sa famille et ses amis. Lorsqu'il en parle avec Diane, elle réagit vivement.

— Espérons qu'il ne s'agit pas seulement de belles déclarations de principe, comme on en a connu tant, vite oubliées une fois la crise passée.

— Comment savoir ?

— Déjà Anvers, souffle-t-elle. Une petite pensée pour les parents de Jade. C'est un peu dommage qu'on ne puisse pas s'arrêter à Bruxelles cette fois-ci. Ça fait longtemps qu'on ne les a pas vus, elle et Victor.

— Tu sais bien que ton frère est débordé. Il est pire que moi, il travaille beaucoup trop !

Diane pense à son petit frère, à peine plus jeune qu'elle, mais elle n'arrive pas à le considérer autrement. Ils se voient beaucoup moins depuis qu'il est avec Jade et qu'ils habitent Bruxelles, pourtant pas si loin de Paris.

Le train s'ébroue pour repartir à vive allure, maintenant sous une petite pluie fine qui met en valeur la douceur un peu mélancolique des Flandres et l'herbe si verte dans les champs.

— Pour revenir à ton article sur le changement, reprend Diane, je suis persuadée que nous vivons une mutation profonde, qui ne se voit pas encore. Nous sommes en transition. Beaucoup de personnes sont en train de passer d'une préoccupation limitée concernant leur quotidien à une prise de conscience plus vaste, plus globale. Il n'y a pas si longtemps, lorsque nous parlions de méditation et d'énergie, ou même d'écologie, nous passions pour des illuminés. Maintenant, c'est de plus en plus fréquent, et ça devient même naturel pour beaucoup de personnes, dans des milieux très différents. Parler de solidarité ne provoque plus les froncements de sourcils ou les haussements d'épaules que nous avons dû supporter trop longtemps. Même mes parents, qui sont si conservateurs, commencent à réfléchir autrement. C'est un signe encourageant, non ?

— Si tu le dis, grommelle Loïc. En tout cas, je veux bien y croire. Je ne demande que ça !

À peine passée la grande gare de Bruxelles-Midi, bercée par les mouvements du train, Diane s'endort en posant la tête contre l'épaule de Loïc. Sentant la douceur soyeuse de ses cheveux roux, celui-ci s'assoupit à son tour… Alors que l'express ralentit pour entrer en Gare du Nord, la voix du contrôleur annonçant l'arrivée du Thalys à Paris les tire d'un sommeil profond.

Une fois engouffrés dans le taxi, ils se dirigent vers le domicile des parents de Diane, rue des Belles-Feuilles. La nuit tombe. Perdu dans ses pensées, Loïc voit défiler les vitrines, les porches, les passants flânant le long des boulevards. Aux abords du parc Monceau, il récite à mi-voix une réplique devenue mythique entre eux. Au cœur de la deuxième saison d'une série que Diane venait regarder avec lui, lorsque, encore étudiant, il passait le week-end chez son père, à Rambouillet, et que le froid de l'hiver les décourageait d'aller se promener en forêt, le personnage principal affirmait, avec gravité : « Nous avons rêvé un rêve, mon amour, désormais achevé. Le monde d'avant était un rêve, mais il s'est réveillé, et lui a dit adieu ; et c'est à nous d'en faire autant… »

Loïc souffle profondément. Il repense à leurs promenades en amoureux, dévalant les jardins du Trocadéro ou la colline de Passy, marchant jusqu'à Saint-Michel, pour découvrir un nouveau film dans un cinéma d'art et d'essai ou flâner dans les allées ombragées du jardin du Luxembourg. Un peu plus loin, alors que le taxi quitte la place Victor-Hugo, Loïc laisse fuser une intuition qui vient de le traverser :

— Diane, je crois que nous sommes encore beaucoup trop conformistes. Pour créer le monde qui vient, nous allons devoir tout réinventer, et surtout *nous* réinventer.

En l'écoutant prononcer ces quelques mots, un brin mystérieux, Diane sent un grand frisson parcourir son corps de la tête aux pieds. Saisie, comprenant qu'il voit juste, sans l'ombre d'un doute, elle mesure vaguement tous les changements que cela va impliquer pour eux. Elle fixe Loïc intensément, glisse ses doigts dans les boucles de ses cheveux, caresse sa joue, puis prend sa main pour la poser contre son cœur.

1

Saint-Gilles-lez-Bruxelles,
quelques semaines plus tard

— Oh non ! Pas ça ! s'écrie Victor dans son sommeil.

Jade sursaute.

— Ça va ? marmonne-t-elle.

— J'ai fait un cauchemar.

— Encore ? Tu veux que j'allume ?

— Non, non, ça ira. J'ai rêvé qu'il y avait un nouveau confinement.

— En effet, quel cauchemar !

Victor se lève doucement pour aller boire un verre d'eau. Jade se tourne de l'autre côté pour se rendormir. Médecin généraliste atypique, au service de ses patients, il est rentré tard la veille après avoir participé à une réunion sur le développement naturel de l'immunité. Le dernier point qu'il a avancé, concernant la nécessité de prendre ses distances avec les informations données par les médias, a provoqué de nombreuses réactions. Après la réunion, un sociologue de l'Université libre de Bruxelles est venu à sa rencontre. Ils ont discuté un bon moment. Victor se souvient de certaines phrases de son interlocuteur, qui résonnent en lui comme pour lui rappeler que les solutions ne peuvent pas être seulement individuelles : « Nous sommes en manque de lien car nous n'avons plus le temps de vivre », « l'ancien monde de la compétition est en train de s'effondrer », « la nouvelle ère sera tournée vers le collectif et la nature », etc.

— Cela me fait penser à ce que répète Charles Eisenstein. Je vais écrire tout ça dans mon carnet, murmure Victor, marchant pieds nus, très lentement, dans l'appartement sombre, pour apaiser le flot de ses pensées.

Le lendemain matin, au petit déjeuner, fatigué par une nuit de sommeil agité, il raconte son cauchemar à Jade.

— Je voyais d'énormes virus danser autour de moi avec des rires sarcastiques. Progressivement, ils se métamorphosaient en grosses faces masquées. Sur les masques, on voyait des têtes de mort avec des rictus sadiques. Puis j'ai vu mes collègues arriver en dansant avec d'énormes bouteilles de gel hydroalcoolique. Soudainement, des écrans de télévision sont apparus dans tous les coins. Le Premier ministre annonçait un confinement définitif.

Jade éclate de rire en secouant ses cheveux bruns.

— Quel cauchemar burlesque ! Tu devrais en parler à ta sœur pour qu'elle en fasse un film. On a tous besoin de rire et de se détendre, en ce moment.

— Oui, c'est une bonne idée, concède Victor, amusé.

Tout en l'écoutant, Jade prépare son « miam » habituel : une banane écrasée agrémentée de fruits frais, d'un peu d'huile de colza et de graines de chia, ainsi qu'un jus de légumes frais, auquel elle ajoute une dose d'aloe vera, tout aussi frais.

— Tu en veux un peu ? propose-t-elle à son mari.

— Avec plaisir. Je me sens barbouillé. Je crois que je vais me préparer une infusion de quelque chose.

— Il y a de la menthe et même du romarin.

Jade se rend compte qu'elle vient de prononcer ces quelques mots un peu sèchement. Comment se fait-il qu'elle aime sincèrement Victor, mais qu'elle n'arrive pas à lui témoigner spontanément plus d'affection ?

Victor s'en va fouiller dans un des placards en chêne clair, du même bois que la table et les chaises de la cuisine. Leur grand appartement est en rez-de-jardin. Par la fenêtre, on aperçoit une terrasse en bois. Au-delà, un bel espace est entouré de haies variées, alternant photinias, lauriers, forsythias, entre autres. Un érable du Japon, dont le feuillage vire déjà à l'or et au rouge flamboyant, s'élève au centre d'une petite pelouse fraîchement tondue. Des oiseaux volettent de branche en branche, sautillent sur l'herbe en picorant le sol, puis s'élancent pour aller se nicher dans la haie.

— Avec tes collègues, ça se passe comment, en ce moment ? interroge Jade, curieuse.

Victor partage un cabinet médical à Saint-Gilles, non loin de chez eux, avec deux autres médecins bruxellois : Philippe, un dermatologue, et Étienne, qui est gynécologue. La cohabitation n'est pas toujours aisée. Étienne est facilement désobligeant. Certains jours, Victor supporte mal les piques de son confrère et rêve d'ouvrir son propre cabinet.

— Comme d'habitude. Je crois qu'ils m'en veulent d'avoir organisé cette réunion sur l'immunité, explique Victor.

— Ils t'en veulent ? insiste Jade, qui l'observe attentivement.

— Disons qu'ils m'envient. Je ne sais pas trop comment dire… Ça les dérange que je fasse du zèle. Pour eux, la pratique médicale s'arrête aux consultations, et ils font de la quantité, du chiffre, voilà ce qu'ils disent. Ils ne comprennent pas l'importance de donner les bonnes informations pour favoriser la prévention et, même, faciliter la guérison. Ils ont une approche classique, très différente de la mienne. Nous n'envisageons pas la santé de la même façon. Pour eux, il s'agit d'un business ; pour moi, d'une vocation.

— Cela ne devrait pas vous empêcher de vous entendre, glisse Jade, sans conviction.

— Non, bien entendu. En principe, ça ne devrait rien empêcher, au contraire !

Jade soupire, puis affirme de façon péremptoire, les yeux brillants :

— Étienne est un mâle dominant et Philippe, un dominé consentant, bien content de suivre le mouvement. Toi, tu n'es pas assez soumis, alors Étienne te pousse dans tes retranchements. Il veut te montrer que c'est lui le chef de la horde.

Peu convaincu par la démonstration animalière de sa femme, Victor la regarde, admiratif, tant il la trouve attirante. Il épluche une clémentine qu'il mange en répondant à de nouvelles questions. De fil en aiguille, il en arrive à lui conter sa conversation passionnante avec le sociologue flamand.

— Comment s'appelle-t-il ?

— Euh... Je ne me souviens plus. Je rencontre déjà des difficultés à retenir les noms francophones, alors, quand ils sont flamands, c'est encore pire.

Jade hausse légèrement les épaules et quitte la cuisine. Victor connaît la personnalité très directe de sa compagne. En plus, il sait que, le matin, elle n'est jamais vraiment dans son assiette. Jade est plus affable et plus volubile le soir, c'est vrai, mais tout de même, sa façon un peu agressive de communiquer lui pèse. Il aurait besoin de davantage de douceur, d'autant qu'elle repousse souvent l'expression de sa tendresse à son égard. Il regrette qu'elle ne soit pas plus affectueuse.

Jade réapparaît peu après, en tenue de sport. Désignant un superbe bouquet sur la table basse du salon, elle lance à Victor :

— Tu pourrais jeter les fleurs, non ?

— Pas encore, elles ne sont pas fanées…

— Toi et tes patientes, ça devient soûlant, à force ! C'était quoi, cette fois-ci ?

— Le fils d'une patiente. Il était asthmatique depuis longtemps… J'ai réussi à trouver un remède. Une recherche de fond pendant plus d'un an. C'était un enfant particulièrement sensible au stress. Il avait surtout besoin de s'apaiser, de retrouver confiance en lui. Il y a peut-être une part de chance, aussi…

— De chance ?

— Je ne sais pas trop. Je dis ça comme ça, pour ne pas m'accorder trop d'importance.

— Toi et ta modestie !

— Surtout, l'effet placebo. La bienveillance du médecin joue beaucoup dans le processus de guérison, tu sais.

— Hum… Je ne suis pas près de l'oublier, tu le répètes tout le temps.

Jade s'éloigne de nouveau en faisant la moue. Victor jette un œil sur le bouquet, puis lève le regard vers *Le Grand Arbre* de Paul Gauguin, une reproduction grandeur nature, accrochée au mur au-dessus du canapé. Pendant les premières années de leur union, Victor a tout essayé pour distraire la jeune femme, chasser cette insatisfaction profonde qu'elle garde en elle et la rendre plus heureuse, mais rien n'a semblé l'aider à savourer la vie. Comme elle est née dans une famille de diamantaires d'Anvers, il s'est représenté Jade telle une princesse qui n'en a jamais assez. Elle le dit elle-même, d'ailleurs, avec beaucoup de lucidité. Elle voudrait sans cesse que tout soit plus beau, plus chic, plus exceptionnel, que son existence soit plus palpitante, plus féerique, plus…

— Bon, j'y vais, assène-t-elle sur un ton décidé, habillée d'un jogging taupe, le visage très légèrement maquillé.

— Tu vas où ?

— Faire une heure de gym au club, puis me faire masser par Sao. Je n'en peux plus. Je me sens sous pression. J'en ai le plus grand besoin ! Au fait, n'oublie pas que mes parents arrivent ce soir…

— Ce soir ?

— Oui, et pour deux jours.

— Mince, alors. Ils auraient pu nous prévenir plus tôt !

— Un rendez-vous important pour mon père.

— Bon, d'accord, je prépare leur chambre.

— Ciao, je reviens pour le déjeuner.

— Ciao, entonne Victor d'une voix chantante, prenant la nouvelle avec philosophie. Bon massage !

Sous la douche, il repense à la réunion de la veille et à la difficulté de faire passer quelques observations d'une simplicité confondante. Par exemple, il ne comprend pas pourquoi de nombreuses personnes ont tant de mal à accepter que le stress soit le premier facteur faisant chuter l'immunité, alors même qu'il prend le temps de leur expliquer que système nerveux et système immunitaire sont étroitement liés.

— Nous avons tant l'habitude du stress que nous l'avons intégré comme une donnée immuable, murmure-t-il en arrêtant l'eau. Quel comble ! Nous finissons par croire que c'est normal, que nous devons continuer à nous intoxiquer et à supporter nos poisons, comme la pollution, au lieu de les éliminer ! Au fond, nous sommes enchâssés dans mille rigidités, mille inerties qui nous freinent collectivement ; sans compter les certitudes inamovibles. Cela rend le changement vraiment très incertain.

Il se sèche avec un grand drap de bain en dégradé de verts.

— Pourquoi ne faisons-nous plus aussi souvent l'amour ? songe-t-il en regardant son corps nu dans le miroir et en caressant sa peau un instant. Que se passe-t-il donc dans la tête de ma femme, ou dans son cœur ? Et dans le mien ? Comment pourrions-nous retrouver une véritable intimité ?

Sans réponse pour le moment, il envisage de profiter de ce matin calme pour faire du qi gong. En se frictionnant vigoureusement avec un vinaigre traditionnel délicatement parfumé, déniché lors d'un voyage à Florence, il se réjouit de commencer à lire un livre de Joëlle Maurel qu'il s'est offert récemment, dont le titre à lui seul le fait rêver : *Guérir. Un chemin d'amour et de conscience*[1]...

*

1. Joëlle Maurel, *Guérir. Un chemin d'amour et de conscience*, Paris, Guy Trédaniel, 2019.

« On dit que le temps guérit les blessures,
mais mes recherches suggèrent que c'est le temps
passé à rêver qui les guérit. »
Dr Matthew Walker,
université de Californie, 2017

Nos rêves et nos cauchemars sont une forme de thérapie nocturne. Rêver permet de nous décharger des émotions intenses, d'être plus créatifs, de trouver des réponses à nos questionnements et des solutions à nos problèmes.

2

Maurice et Lina, les parents de Jade, sont bien arrivés hier soir à Bruxelles, malgré les embouteillages qui engorgent la capitale européenne. Ils ont eu la délicatesse de ne venir qu'après le dîner, pour laisser à Victor le temps de rentrer chez lui et de se reposer de sa journée de travail.

La cohabitation commence dans la bonne humeur, ce qui rassure Victor et l'aide à aborder ce séjour imprévu de façon détendue. Le lendemain matin, après un petit déjeuner copieux, il déboule gaiement dans le salon, surprenant une conversation à voix basse entre Jade et Maurice.

— J'ai visité l'appartement hier, indique Jade à son père. Il me semble très bien. Il correspond à nos critères. Tu verras par toi-même. Et j'ai demandé au propriétaire de faire de grosses courses.

— Vous êtes encore en train de dire du mal de moi, plaisante Victor pour annoncer son arrivée sans trop les déranger.

Absorbée, Jade se tourne vers lui, légèrement surprise.

— Oh, ça, il n'y a pas le moindre risque, s'amuse-t-elle, tu es notre mascotte ! Nous parlions doucement pour ne pas réveiller Maman.

— Je vous laisse. Je vais travailler, les informe Victor en baissant d'un ton, attentif à ne pas déranger sa belle-mère, dont le besoin de sommeil est légendaire.

— Je pars aussi, annonce Maurice en se levant. Je vous retrouve au restaurant vers midi et demi.

— Je ne pourrai pas rester plus d'une heure avec vous, s'excuse Victor. Jade, tu m'enverras un texto avec l'adresse ?

— Promis. Je vous préviens tous les deux dès que j'ai réservé une table quelque part. Maman viendra avec moi.

Sitôt sorti, Maurice marche d'un pas alerte vers la station de tramway la plus proche. Après une brève attente sous une pluie fine, il s'engouffre dans la première rame en direction du centre de Bruxelles. Il en descend quelques minutes plus tard, puis se dirige vers la rue de la Paille. En regardant cet homme d'une soixantaine d'années, habillé modestement, d'allure simple et sportive, personne ne pourrait imaginer qu'il s'agit de l'un des diamantaires les plus fortunés d'Anvers. Maurice connaît bien Bruxelles : il y a fait ses études et y a habité quelque temps avant de reprendre l'affaire de son père. C'est également à Bruxelles qu'il a rencontré sa femme Lina. Jeune artiste peintre, elle menait une vie de bohème, à l'opposé de celle à laquelle se préparait Maurice, mais tellement plus enchanteresse et pétillante à son goût. Tout en se remémorant la félicité de leurs jeunes années, l'homme entre sous un porche, traverse une cour et frappe à une porte du rez-de-chaussée.

Son hôte lui fait visiter un appartement vaste et clair, bien décoré, très fonctionnel, idéal pour une famille, donnant sur une arrière-cour, puis sur un jardin en long, enclos de murs et de haies. Un portail étroit ouvre sur une autre sortie. Ce petit passage privé entre deux immeubles débouche sur la rue Lebeau, à l'angle d'un restaurant indien. Ces détails pratiques finissent de convaincre Maurice, qui demande à payer six mois de loyer sur-le-champ et s'en acquitte en sortant une liasse de coupures, ajoutant un billet à la somme pour les courses alimentaires et un autre pour s'assurer de la plus complète discrétion du bailleur. Maurice range le reste de la liasse dans la poche intérieure de son blouson. Laissant passer le propriétaire, il ferme la porte derrière eux.

Une fois hors de l'immeuble, il retrouve son pas vif, prend la rue de Rollebeek et se rend à la gare du Midi. Le train qu'il attend arrive dans dix minutes. Posté au pied du grand escalator qui descend du quai, il attend des personnes qu'il ne connaît pas. Il espère que les descriptions échangées seront suffisantes pour se reconnaître. *Toujours faire confiance à son instinct*, se répète-t-il, comme il l'a précisé ce matin à Jade. Le repérage se fait beaucoup plus rapidement qu'il ne l'avait pensé. La jeune femme tenant un bébé dans ses bras et une valise de l'autre main s'avance nerveusement vers lui. Il la déleste de sa valise et les conduit vers un taxi, auquel il a demandé d'attendre.

Alors qu'ils arrivent à l'appartement, le visage de Maurice se déride, sa bouche se décrispe.

— Je vous en prie, Ivana, asseyez-vous, vous devez être épuisée.

Ivana ne se fait pas prier et s'assied sur le canapé en berçant sa petite fille dans ses bras. Maurice prend alors le temps de donner des instructions claires à la jeune femme :

— Voici l'appartement dans lequel vous allez pouvoir vous cacher le temps de vous faire passer en Suisse. Il n'y a pas de vis-à-vis direct, vous n'aurez donc pas besoin de fermer les volets dans la journée. Je vous conseille tout de même de garder les voilages tirés.

Ivana sort une bouteille d'eau de son sac et boit plusieurs longues gorgées. Puis elle saisit un biberon d'eau qu'elle tend à Olga. Le bébé, qui gigotait sur ses genoux, se calme dès que sa mère lui donne à boire.

— À partir de maintenant, Marie est votre seul contact. Ce n'est pas son vrai nom, mais un nom de code dans l'organisation. En ce qui me concerne, vous pouvez m'appeler Pierre. Par précaution, personne ne sait qui est Marie ni où elle habite. Sa mission prendra fin avec votre départ. Elle fera les courses pour vous chaque semaine. Vous serez livrée par coursier. Si vous avez besoin de quelque chose de spécial pour vous ou pour votre bébé, vous pourrez le demander à Marie par texto, seulement par texto.

Il tire un portable d'une poche de son blouson.

— Surtout, n'allumez pas vos portables personnels. Utilisez les courriels au minimum, seulement pour écrire à vos proches, sans leur indiquer votre lieu d'habitation, et bloquez la géolocalisation sur votre ordinateur. Ici, vous ne vous servirez d'aucun autre portable que celui-ci, et uniquement pour communiquer avec Marie. Personne d'autre qu'elle ne connaît votre adresse, donc, si quelqu'un frappe à votre porte, en dehors du livreur, ne lui ouvrez pas. Il vaut mieux que vous viviez uniquement dans les pièces du fond et que vous gardiez cette pièce fermée et inhabitée, pour y entreposer vos affaires. Vous ne pourrez pas sortir dans la rue. En revanche, vous pouvez vous aérer dans la petite cour et dans le jardin. En cas d'urgence, vous pourrez vous échapper par le passage à l'arrière, qui donne sur la rue voisine. Si cela arrive, prévenez Marie, dès que possible, pour qu'elle vous retrouve. Si l'urgence est extrême, il faudra laisser partir votre mari sans vous. C'est lui qui est recherché…

— Ce sont les justes qui doivent se cacher, c'est un comble ! proteste Ivana dans un souffle, remuant la tête comme pour dire non.

— Ce n'est pas la première fois que cela arrive, regrette Maurice, notant l'accent slave de son interlocutrice.

— Toutes ces menaces de mort. Ça fait des nuits que je ne dors plus.

— Ici, vous allez pouvoir dormir. L'immeuble est très calme.

Effarée par la situation aberrante qu'elle est en train de vivre, Ivana n'arrive plus à retenir ses larmes. Tout s'est précipité si rapidement depuis quelques jours. En même temps, elle semble rassurée par l'organisation impeccable mise en place par Maurice.

— Bon, je vous laisse. Dès la tombée de la nuit, j'irai chercher Pavel, là où il se cache, et l'accompagnerai ici. J'ai demandé que le réfrigérateur et les placards soient remplis de victuailles, précise-t-il encore en montrant la cuisine. Vous pouvez vous installer et manger quand vous voudrez.

Malgré son immense fatigue, Ivana esquisse un léger sourire de soulagement.

— Marie vous apportera de la lecture et de la musique pour adoucir vos journées. Son numéro est enregistré dans le téléphone. Vous lui donnerez aussi vos tailles pour pouvoir changer de vêtements. Je dirai à Pavel de se laisser pousser les cheveux et la barbe. Par discrétion, je ne pourrai pas vous revoir tout à l'heure. Pavel arrivera par le jardin.

La regardant intensément, il ajoute :

— Je vous souhaite bon courage. Tenez bon et essayez de ne pas trop vous inquiéter, nous nous occupons de tout. Marie vous annoncera la date de votre départ quelques jours auparavant. Vous voulez bien fermer la porte à clé derrière moi ? Merci et bonne chance !

Quelques heures plus tard, deux petits coups secs tapés au carreau de la fenêtre de la chambre réveillent Ivana d'un léger sommeil. Elle reconnaît son mari et se lève pour aller ouvrir discrètement la porte qui donne sur l'arrière-cour.

— Pavel, Pavel, mon amour, tu es là ! chuchote-t-elle en le serrant contre son corps.

— Ma chérie !

— Ça va ?

— Oh… Quel enfer ! Je suis passé de cachette en cachette depuis que je t'ai quittée. Enfin, nous sommes ensemble. Je meurs de faim et de sommeil.

— Viens, le repas est prêt.

— Merci, Ivana, tu es un trésor ! s'exclame-t-il, soulagé de la revoir.

— Chut, Olinka dort… Installe-toi.

Ivana pose une assiette, un verre et des couverts sur la table devant elle.

— À propos, qui est ce type qui est venu nous chercher ? On ne sait même pas comment il s'appelle, s'inquiète la jeune femme.

— Je ne sais rien sur lui. On m'a dit cet après-midi qu'il dirige la Résistance civile en Belgique. Il parle flamand, français, anglais et même allemand, je crois.

— Pourquoi est-ce lui qui est venu aujourd'hui ?

— Parce qu'il est le seul à pouvoir se permettre de louer un grand appartement en plein centre de Bruxelles sans attirer l'attention. De toute façon, depuis quelques mois, l'organisation n'a plus assez de revenus. C'est lui qui paye tout ça de sa poche. Chaque section fait comme elle peut.

— Que de mystères… Décidément, je n'y comprends rien.

— Ça va aller, ma chérie, ne te fais pas de souci.

— J'aimerais bien ne pas m'en faire. Je ne rêve que de ça !

Ivana soupire longuement, le regard embrumé, puis elle demande :

— Combien de temps va-t-on devoir attendre ici ?

Pavel pose sur elle un regard las.

— Plusieurs semaines ? Je ne sais pas, ma chérie, je ne sais pas.

*

« Au cours de ces dernières années, plusieurs études ont établi un lien entre stress psychologique et réduction des défenses immunitaires. »

Sophie Ugolini, Inserm, 2020

Apprendre à mieux réguler notre stress est favorable à notre santé.

Cela commence par développer des relations de confiance avec des personnes suffisamment fiables, et bénéficier d'un sommeil de qualité.

3

Boulogne-Billancourt

En ce matin déjà frais des premiers jours de novembre, Loïc hésite un peu avant de partir. Il se demande s'il prend son vélo ou s'il marche… Au fond, il préfère aller à pied, même si son rendez-vous est un peu loin. Il sait que la marche lui fait du bien. Elle le détend et lui permet de faire le tri dans ses pensées, en l'allégeant de ce qui l'encombre. Loïc a besoin de changement, de sentir sa vie en mouvement. Comme le temps en Bretagne, il apprécie les infimes variations qui transforment sans cesse le ciel et les éléments, et, bien que plutôt frileux, il aime être au grand air. Il cherche à se retrouver dehors le plus souvent possible. Il évite autant qu'il peut les transports en commun car il ne se sent pas à l'aise dans les bus bondés ou les métros souterrains. Il a l'impression d'y étouffer.

Tant de choses tracassent Loïc, ces derniers temps. En dehors du projet des villes nouvelles à visage humain, il n'est plus sûr d'être aussi enthousiaste dans son travail, peut-être surtout parce que le principal associé de leur cabinet d'architectes les met de plus en plus sous pression. Il exige d'eux « du chiffre, encore du chiffre », une formule très laide pour leur imposer d'augmenter le nombre de contrats. Toutefois, c'est surtout avec Diane que la relation est tendue en ce moment. Il ne sait pas pourquoi. Il est bien conscient qu'il devrait le lui demander pour en avoir le cœur net, mais il n'y parvient pas. Curieusement, il a l'impression d'être mis sur la touche lorsque Diane et Maëva sont ensemble. Dès qu'elles rient, jouent, chantent, discutent ou qu'elles vont se promener toutes les deux, Loïc se sent exclu. Aussitôt, il s'en veut d'éprouver un sentiment aussi étrange à ses yeux, qu'il juge infantile, mais son jugement n'empêche pas le doute de s'insinuer en lui, de lui faire mal et même de l'envahir, sans qu'il puisse lutter contre. Il se sent dépassé. À vrai dire, il se sent bancal, débordé, depuis que Maëva est née. Il n'arrive pas à se remettre d'aplomb, comme si quelque chose de mystérieux avait changé, non seulement dans sa vie, mais surtout en lui-même, qu'il ne s'explique pas.

— Pourquoi la vie n'est-elle pas plus simple ? se demande Loïc, un peu découragé, alors qu'il remonte la rue Escudier, puis la rue des Tilleuls.

Il se laisse distraire par les belles maisons et les différents types d'architecture qu'il aperçoit le long de son chemin. Il a besoin de penser à autre chose, d'oublier ses soucis. Il se rend chez un client exigeant, qui habite près du Parc des Princes, dans une maison des années 1930, et souhaite réaliser une extension de son habitation. Loïc compte lui présenter plusieurs projets. Celui qui a sa préférence respecte le style originel de la maison et présente un mur végétal, ainsi qu'un jardin, et des ruches sur le toit. Il désire convaincre le propriétaire de l'intérêt de ces décorations naturelles, utiles pour l'environnement. La nuit passée, il a fait un rêve un peu pénible d'un prince russe capricieux qui le faisait patienter longtemps dans une tour carrée, avant de le recevoir enfin, avec beaucoup de mépris, dans un immense bureau tout en haut de la tour, dont le sol tanguait comme un navire… Une sorte de préfiguration de la réunion de ce matin, imagine-t-il, son client étant lui-même impérieux et peu enclin à la délicatesse.

Arrivé dans l'avenue Robert-Schuman, Loïc dépasse l'étonnant hôtel particulier du 19 *bis*, où André Malraux a résidé de 1945 à 1962. Sans trop savoir pourquoi, il se remémore la vidéo très émouvante de la danseuse à la retraite Marta Gonzalez, atteinte de la maladie d'Alzheimer. Malgré son état de santé, l'ancienne ballerine du New York City Ballet reprenait spontanément les mouvements d'une chorégraphie des années 1960 dès qu'elle entendait les premières notes du *Lac des cygnes*. Plus de cinquante ans après les avoir appris, à la simple écoute de cette musique qu'elle connaît, ses gestes s'enchaînent avec fluidité, guidés par la mélodie, avec une grâce qui transcende son âge. Cela fait du bien à Loïc d'y penser. Il remarque que sa respiration devient plus libre et plus ample. Il a presque envie de danser lui aussi, là, dans la rue…

Depuis très longtemps, Loïc est mû par un fort désir de beauté, un besoin vital de s'entourer d'élégance, de finesse, de charme. Les environnements négligés, sordides, laids ou bruyants lui sont devenus encore plus difficiles à supporter qu'avant. Il fournit même un effort pour les éviter, comme ce matin en passant par des petites rues calmes, plus agréables. Il se soucie des belles choses de la vie, constatant que sa recherche esthétique prend de plus en plus de place dans son existence.

Dans leur appartement, comme chaque jour ou presque, Diane étudie la position des astres dans le ciel et leur influence possible sur Loïc, Maëva, elle et, plus largement, sur la société. Puis elle se connecte à un site anglo-saxon, où elle lit attentivement les explications du jour, en prenant des notes dans un cahier à grandes lignes simples. « Le 21 décembre prochain, nous serons puissamment influencés par une grande conjonction, puisque les planètes Jupiter et Saturne seront alignées avec la Terre. Cet alignement conjoint est connu sous le nom de Grand Chronocrator, qui signifie "marqueur du temps". Il est toujours associé à des changements fondamentaux de société. »

« C'est tellement dommage que Loïc soit fermé à l'astrologie, regrette Diane en soupirant. J'ai souvent envie d'en parler avec lui, mais il se braque dès que je commence. »

Heureusement qu'elle peut en discuter avec Marie-Laure, sa grande amie, aujourd'hui journaliste. Habitant le même quartier de Paris, lorsqu'elles étaient enfants, elles se sont rencontrées en classe de seconde au lycée Janson-de-Sailly et sont devenues très proches. Diane tente de lui téléphoner, à tout hasard, espérant qu'elle soit disponible.

— Hello, c'est Diane.

— Coucou.

— Tu as un petit moment ?

— Euh, oui, cinq minutes entre deux rendez-vous, pas plus.

— Merci, Marie-Laure. Tu vas bien ?

— Très bien. Enfin, à part le stress. On est en plein bouclage. Et toi ?

— J'ai un peu le moral en berne.

— Qu'est-ce qui t'arrive ?

— Loïc et moi... Nous sommes à cran en ce moment, alors ça explose facilement entre nous.

— Ne t'en fais pas. Édouard et moi, on est bien plus explosifs que vous, et ça ne nous empêche pas de bien nous entendre, au contraire.

— Tu as raison. J'ai souvent du mal à relativiser.

— Bah, ne t'inquiète pas, on est tous comme ça.

— Au fait, tu as vu l'alignement des astres qui se prépare pour le solstice d'hiver ?

— Oui, oui, c'est fantastique ! À partir de maintenant, *l'amour doit remplacer la compétition dans toutes nos relations*, précise Marie-Laure en détachant les mots. Tout un programme.

— C'est vital.

— Tu as raison. Je vais écrire un papier là-dessus, histoire de réveiller un peu les consciences de nos contemporains endormis.

— Quelle bonne idée !

— Un peu dans le sens de la superbe vidéo de Mary Mombrun sur la violence des femmes et l'enfantement du monde[1].

— Exactement. Je suis tellement d'accord avec elle ! Je fais circuler sa vidéo autant que je peux.

— Moi aussi.

— Tu me rappelles quand tu as un peu de temps ?

— Oh, pas avant samedi…

— OK. Bon courage, ma belle. Je t'embrasse.

— Merci. Bisous.

Diane raccroche, un peu déçue de ne pas avoir pu parler davantage avec son amie.

— Maman, appelle Maëva de sa chambre, tu viens ? Tu as promis de venir jouer avec moi !

— J'arrive, ma puce, j'arrive dans deux minutes, répond Diane en soupirant de nouveau.

— C'était qui ?

— Marie-Laure.

1. « La violence des femmes et l'enfantement du monde », YouTube, 20 avril 2020.

— Ah… On pourra téléphoner à Mamie, après ?

— Oui, c'est promis…

Ce que Diane lit ensuite l'interpelle : « Les champs d'énergie des astres influencent nos comportements, mais ces champs ne prédisent pas le comportement de tout le monde. Les astrologues reconnaissent qu'à mesure que les individus deviennent plus conscients, ils sont moins influencés et plus indépendants de ces champs d'énergie. »

— Voilà qui pourrait rassurer Loïc, murmure-t-elle.

Diane imagine déjà un autre documentaire, qui expliquerait largement les influences des astres, et surtout qui vulgariserait les découvertes de la physique quantique, encore trop méconnues, notamment celles qui montrent que, d'une façon ou d'une autre, notre conscience crée notre réalité, ou au moins notre façon de l'interpréter, donc de la vivre. Elle voudrait prouver comment, au milieu du chaos dans lequel nous vivons, nous avons intérêt à définir consciemment nos intentions et nos vœux, car les champs énergétiques qu'ils produisent influencent notre devenir.

— Visualiser l'avenir que nous souhaitons vivre aide à le créer réellement.

Diane parle à haute voix pour entendre ces idées, puis les préciser. Elle craint qu'un documentaire soit rébarbatif. Peut-être qu'un ensemble de témoignages, ou même une fiction, serait un moyen plus facile de toucher les gens. Surtout que les bonnes intentions ne suffisent pas, elles doivent aussi être suivies d'actions concrètes en faveur d'un avenir plus harmonieux. Elle pose son cahier sur la table.

— Voilà, je suis à toi, annonce Diane joyeusement en pénétrant dans la chambre de sa fille.

— Tu parles toute seule, Maman ?

— Oui, cela m'aide à mieux cerner ce que je pense, explique-t-elle. À propos, tu ne voudrais pas préparer une crème à la rose avec moi ?

— Oui, super, j'adore ! Et après, on fera un gel douche ?

— On en a encore assez, ma perle.

— Alors, un shampooing solide ? insiste Maëva.

— Si tu veux… J'espère qu'il nous reste assez d'ingrédients.

Depuis que Diane a décidé de fabriquer elle-même tous les cosmétiques de la maison, sa fille ne manque pas une occasion de l'aider. Pour elles, c'est devenu un jeu, qui les amuse encore plus que de concocter des gâteaux ensemble. Quelle que soit l'activité, Maëva éprouve beaucoup de plaisir à créer avec ses mains. Elle devient de plus en plus habile.

— Maman ?

— Oui, ma jolie.

— Je n'aime pas quand tu te disputes avec Papa.

— Moi non plus, je n'aime pas ça, pas plus que Loïc.

— Alors, pourquoi vous vous disputez ?

— Parce qu'on n'est pas toujours d'accord. Ce n'est pas grave, tu sais, ça permet de mieux se comprendre. Il y a des gens qui se chamaillent encore plus que nous.

— Ah oui ? Eh bien, moi, je préfère quand vous ne vous disputez pas trop, reprend Maëva avec conviction.

— D'accord, j'ai bien compris, la rassure sa mère. Merci de m'en avoir parlé. On fabrique tout ça, puis on appelle ta mamie ?

— Chouette !

Le soir, lorsque Loïc est de retour à l'appartement, Maëva quitte sa chambre en courant et se lance dans les bras de son père.

— Papa ! Je t'aime !

— Moi aussi, mon trésor. Moi aussi, je t'aime.

*

« Créer avec nos mains repousse nos limitations mentales et nous rend capables de mieux connaître nos ressources. »

Andrew Medal,
The Paper Chase, 2016

Pratiquer des activités manuelles favorise le développement de la motricité fine et de l'intelligence pratique, grâce à des apprentissages qui sont aussi source de plaisir. Jardiner, cuisiner, coudre, bricoler, créer ses cosmétiques sont des activités qui non seulement favorisent notre santé, tout en nous permettant de réaliser des économies, mais qui présentent aussi de véritables atouts écologiques à un niveau plus global.

4

Saint-Gilles

Le même soir, alors que Victor est déjà rentré, Jade arrive essoufflée, vêtue d'un costume strict.

— Ben, tu t'habilles en homme, maintenant ? lui demande-t-il, surpris.

— Oui, ça change. C'est pratique pour passer inaperçue, et comme ça, les mecs me laissent tranquille, répond Jade en plaisantant.

— Ça ne me dérange pas ! Je te trouve très sexy comme ça aussi, continue Victor sur le même ton.

— À propos, quand est-ce qu'on fait un bébé ? lance Jade à l'improviste, surprise par elle-même.

— Tout de suite, si tu veux ! répond aussitôt Victor, radieux. Je ne savais pas que tu étais prête.

— Trêve de plaisanterie, j'ai besoin de ton aide. Tout de suite.

— Qu'est-ce qui se passe ?

— Un type qui pète les plombs. C'est urgent. Viens avec moi, on prend la voiture. Je l'ai garée devant l'entrée. Je te raconterai.

— Je prends mes affaires. Je te rejoins tout de suite.

Pendant le trajet, Jade lui raconte l'aventure d'Ivana et Pavel, en insistant auprès de Victor pour qu'il garde le secret.

— Je ne suis pas censée te raconter tout ça, lui confie-t-elle, gênée, mais je ne sais pas comment faire autrement car Pavel s'est mis à délirer.

Jade prend le temps d'expliquer à Victor le mouvement de la Résistance civile, sa création en Suisse, il y a quelques années, par une poignée d'intellectuels et d'artistes de tous horizons, puis son développement rapide dans de nombreux pays d'Europe occidentale et de Scandinavie. Fondée sur le modèle des biens communs et des entreprises libérées, sans hiérarchie, laissant la place aux initiatives personnelles et aux décisions collégiales, elle connaît une croissance en arborescence sur le terrain, chaque cellule menant des actions concrètes d'entraide et de soutien.

— Cette histoire est dingue, s'étonne Victor. On se croirait dans un film d'Hitchcock. *L'Étau*, tu te souviens ?

— Oui. Victor, là, on n'est pas dans un film, mais dans la réalité, et je ne m'en sors plus toute seule.

— D'accord, ma chérie, ne t'inquiète pas. Tu as bien fait de m'en parler. Tu peux compter sur moi.

— Mince… Ce n'est pas la bonne heure, ça n'avance pas, peste la jeune femme.

— Bruxelles et ses fameux embouteillages, glisse Victor.

Il pose tendrement une main sur la cuisse de Jade et lui sourit pour la rassurer.

— Tes protégés savent que tu débarques avec un médecin ?

— Oui, je le leur ai dit, mais ils ne savent pas qui tu es, et encore moins que tu es mon mari.

— *Okay, secret agent 008*, blague Victor, en imitant un fort accent américain, plutôt amusé par la situation rocambolesque dans laquelle Jade l'entraîne. On se croirait gamins, en train de jouer aux espions !

Cela fait longtemps que le jeu ne s'est pas immiscé dans leur quotidien, continuellement contraint par de nombreuses obligations sociales et professionnelles. Alors, autant en profiter, songent-ils chacun personnellement. Jade est heureuse de retrouver le côté adolescent fringant de Victor et soulagée qu'il ne prenne pas mal sa participation aux activités secrètes de son père. Elle aime cette légèreté avec laquelle il est capable de faire face à la plupart des situations de la vie, même les plus pénibles.

— Tes protégés parlent français ou flamand ? s'enquiert Victor.

— Français. Ils ont travaillé en France pendant plusieurs années…

Dans la rue de la Paille, le vent s'engouffre en rafales. Dès leur arrivée, Jade donne à Ivana des vêtements pour chacun et quelques livres, disques ou DVD pour occuper au mieux leur temps, alors que Victor se retire discrètement avec Pavel dans la chambre.

— Je n'en peux plus d'être ici ! explose Pavel, à peine la porte fermée. Je ne peux pas sortir. Cela fait plus de trois semaines que je tourne en rond. Je me sens comme un lion en cage.

Il marche nerveusement, de long en large, dans la pénombre. Le décor de la pièce paraît certes design, mais froid et impersonnel. Victor juge plus sage de le laisser continuer à marcher, s'il en ressent le besoin, pour que son système nerveux se décharge d'un excès de stress.

— Pourquoi ne pouvez-vous pas sortir ? le questionne Victor d'une voix posée.

— Vous ne le savez pas ?

— Non, je l'ignore. Racontez-moi ce qui vous arrive.

Pavel pousse un profond soupir, autant de lassitude que d'exaspération, s'assoit sur le bord du lit face au médecin et lui explique en détail sa situation.

— Je suis docteur en biologie cellulaire. Je travaille depuis des années dans un grand groupe pharmaceutique. Lorsqu'un nouveau virus particulièrement contagieux et difficile à soigner s'est répandu comme une traînée de poudre, j'ai repris toutes les recherches existantes, en essayant de tirer les leçons des pandémies précédentes. J'ai fini… Avec mes collègues, nous avons fini par trouver une solution prometteuse…

Victor écoute son patient très attentivement, ne décelant aucune trace de délire ou de trouble mental. De l'autre côté de la porte, on entend gazouiller Olga, pendant que Jade discute tranquillement avec Ivana.

— Continuez, encourage-t-il Pavel.

Entrecoupant son propos de quelques hésitations et de coups d'œil furtifs vers cet homme qu'il ne connaît pas, Pavel lui explique qu'il s'interroge depuis longtemps sur le bien-fondé de la course effrénée des laboratoires pharmaceutiques à la vente de nouveaux médicaments très onéreux, sans véritable visibilité quant à leur innocuité.

— Souvent ces médicaments induisent des effets secondaires problématiques, insiste Pavel avec beaucoup de conviction.

Victor reste silencieux.

— Le conseil d'administration et les actionnaires savent très bien qu'une nouvelle molécule rapportera beaucoup plus en termes de bénéfices, donc autant de dividendes et d'augmentation de la valeur boursière de la compagnie ! Ce choix délibéré de la politique du pire m'a rendu fou. Surtout qu'avec mon équipe nous avions trouvé une formule saine et sûre, qui ne coûte pas des millions d'euros, que l'on n'a pas besoin de manipuler avec précaution et de conserver dans des congélateurs, qui ne présente aucun effet secondaire, aucun risque de complication, mais qui a été refusée au profit d'une molécule encore inconnue, extrêmement coûteuse et fragile, dont on ne mesure pas encore les risques à court terme ou à long terme sur les populations.

— Alors ?

Exténué, Pavel ferme les yeux. Son corps est secoué par de légers tremblements. Il attend un moment, le regard perdu dans le vague, puis reprend avec amertume :

— J'ai exhorté mes collègues à ne pas nous laisser faire, à nous révolter en nous opposant contre notre hiérarchie, puis en diffusant mes idées contre la commercialisation de la santé.

— Ah...

— Je ne me suis pas laissé faire. Je ne voulais pas, je ne pouvais pas me laisser faire ! s'emporte Pavel, dans une sorte de rage désespérée. J'ai d'abord été menacé de licenciement, puis mis à pied et, comme j'ai continué à me défendre en publiant des vidéos sur YouTube, supprimées dans l'heure qui suit, j'ai été menacé de mort. J'ai trouvé les pneus de ma voiture crevés, les vitres de mon appartement brisées par des jets de pierre, la porte d'entrée défoncée, chaque fois avec des petits mots intensifiant les menaces de mort contre moi, mais surtout contre ma fille et ma femme. C'est ce qui nous a convaincus de partir nous réfugier à l'étranger et nous cacher, pour que nous ne puissions pas être retrouvés.

Victor commence à mieux comprendre la situation invivable dans laquelle se retrouvent Pavel, Ivana et Olga.

— Vous n'avez pas porté plainte ? s'enquiert-il.

— Tout est allé très vite, je n'ai pas eu le temps. Et les menaces nous ont fait paniquer.

— Je comprends... Bon, pour ce soir, je vais vous administrer une piqûre de Valium qui va vous calmer et vous aider à dormir. Vous en avez vraiment besoin. Je reviendrai demain vous apporter du magnésium, des vitamines B et des plantes qui favorisent la relaxation.

— C'est gentil, mais je ne veux pas rester enfermé ici. Je veux partir en Suisse.

— Pourquoi la Suisse ? s'étonne Victor, tout en préparant l'injection.

— C'est un pays neutre, libre, démocratique. J'ai aussi l'impression que nous serons plus protégés en montagne.

— Comme vous préférez, acquiesce Victor avec sollicitude, tout en injectant le produit dans le bras de son patient. Je vais essayer de faire bouger les choses pour que vous puissiez partir au plus tôt.

— Merci, docteur, merci, murmure Pavel. Je ne supporte plus d'être enfermé.

— Je vous laisse vous coucher, maintenant. Vous allez bien dormir, enfin. À demain...

— À demain.

Sur le chemin du retour, Victor explique posément son plan à Jade.

— Cet homme n'en peut plus. Il est trop stressé. Rester caché sans pouvoir sortir est au-delà de ses forces, sans compter que c'est inhumain pour eux trois.

— Tu proposes quoi ?

— Je vais téléphoner à Stéphane.

— Stéphane ?

— Mon cousin qui habite dans le Haut-Jura, tout près de la frontière suisse. Il a un grand domaine à l'orée de la forêt en pleine montagne, loin de tout. Je vais lui demander d'accueillir Pavel, Ivana et Olga, le temps de leur trouver un point de chute en Suisse, puisque c'est leur souhait.

— Ah… Tu crois ?

— Je suis sûr qu'on va trouver un arrangement. Stéphane est le type le plus cool que je connaisse, et généreux, en plus, toujours prêt à rendre service.

— C'est vrai que c'est un chic type.

— Je vais lui proposer de payer leur nourriture. Ivana et Pavel pourront l'aider à tenir son gîte. Comme c'est la saison basse, je pense qu'il acceptera sans problème.

— *Sounds good, darling…*

— Je peux me charger d'en parler à ton père, si tu veux. Je suis sûr qu'il comprendra.

— Non, laisse-moi faire avec Papa. Il est très compréhensif, mais je ne voudrais pas qu'il se sente trahi, ou pas assez respecté, et je dois lui proposer de nouveaux habitants pour ce grand appartement.

— Ah bon ?

— Oui, il l'a loué pour six mois, histoire qu'on soit tranquilles et qu'on ait suffisamment de temps devant nous.

— On trouvera sans problème des personnes qui ont besoin d'être logées, des étudiants, par exemple.

— C'est vrai, tu as raison. Même une famille qui dort dehors. Je vais m'en occuper.

De retour chez eux, Jade file dans leur chambre pour téléphoner à Maurice, tandis que Victor se propose de concocter un bon petit dîner. « Quelle femme ! pense-t-il. Jade ne cesse de me surprendre. »

— Alors, ça s'est bien passé ? s'informe-t-il, lorsqu'elle revient.

— Papa était un peu troublé quand je lui ai raconté que je t'ai emmené les voir, puis il a compris. J'ai réussi à le convaincre que ton idée est la meilleure possible, surtout pour eux trois.

— Tant mieux, je suis content.

— Oh, quelle belle table !

— Dîner en amoureux, s'il vous plaît, avec ambiance jazzy, lumière tamisée, bougies douces et plats épicés.

— Ouah, tu m'épates, glisse-t-elle en éclatant de rire.

— Je n'ai pas oublié que tu veux un bébé, lance-t-il pour la taquiner. Alors, je me suis dit que la future maman méritait toutes les attentions de son affreux mari.

— Affreux ? Pourquoi affreux ?

— Ce n'est qu'une expression, sourit Victor. Simplement pour dire que je te délaisse trop en travaillant tard le soir et que je vais essayer de modérer mon zèle.

*

Travailler trop, être sédentaire, rester enfermé à l'intérieur n'est pas favorable à notre équilibre : il est vital de bouger.

Tous les mouvements sont bénéfiques, que ce soit au travail, à la maison, en vacances : la gymnastique, le volley, le football, le basket, le tennis, la natation, le vélo, les arts martiaux, la danse, le jeu, le jardinage, le bricolage et même le ménage !

Une activité physique régulière diminue le risque de maladies, améliore les fonctions cardiaques et respiratoires. Elle renforce et tonifie, assouplit, améliore l'équilibre et la coordination, ainsi que l'endurance. Elle contribue au bien-être, diminue la fatigue et l'anxiété.

Voici quelques astuces :

• Se fixer des objectifs réalistes : commencer par 5 à 10 minutes par jour, puis augmenter doucement la durée, pour atteindre progressivement au moins 30 minutes… C'est essentiel pour persévérer.

• Varier les activités pour éviter la monotonie : faites-vous plaisir !

5

Domaine de la Forêt, près de Morteau

Victor a tenu sa promesse. Il a téléphoné à son cousin afin d'organiser un hébergement de la famille tchèque aussi longtemps que cela leur sera nécessaire. Stéphane a accepté très facilement de les accueillir en échange de quelques travaux de leur part, en cuisine et au jardin. Pour être aussi discret que possible, Victor a choisi de voyager de nuit. Il est venu les chercher tard un vendredi soir, leur faisant quitter l'immeuble côté cour, en passant à côté du petit restaurant indien.

Jade a fermé l'appartement et les a rejoints peu après. Elle a souhaité les accompagner, à la fois pour tenir compagnie à Victor et le relayer sur les 580 kilomètres de route jusqu'au Haut-Doubs, mais aussi pour rassurer son père. Il y a quelques jours, elle a trouvé deux étudiantes qui avaient besoin d'un logement pour l'année universitaire. Elle les aidera à s'installer dès leur retour. Soulagé que la situation s'arrange aussi rapidement et ravi de pouvoir aider les deux jeunes femmes dans leurs études, Maurice leur a réservé l'appartement jusqu'à la fin de l'année universitaire.

— Ton père a toujours été comme ça ? demande Victor durant leur voyage.

Ils écoutent un album d'Aea Luz, une jeune chanteuse folk californienne que Jade adore, alors qu'Olga, Ivana et Pavel dorment paisiblement sur la banquette arrière.

— Comment, comme ça ?

— Prêt à aider la Terre entière…

— Oui, je l'ai toujours connu généreux, répond Jade. Maurice n'est pas un père comme les autres. Il fait tout un peu différemment, à sa façon à lui. Lorsque nous étions enfants, Julien et moi, il nous expliquait souvent que nous avions la chance de vivre dans une grande maison et de pouvoir bien manger tous les jours. Cela n'avait pas été son cas, quand il était petit, encore moins celui de ses parents. Il connaît la rudesse de certaines situations et essaie de les adoucir, chaque fois qu'il le peut.

— C'est vraiment sympa de sa part, murmure Victor.

— Oui, même si certains lui reprochent de trop intervenir, mais je crois qu'il s'en moque. Pour lui, l'argent doit tourner, c'est à nous de le faire circuler autant que possible, sans attendre… et il n'est pas dépensier. Il porte presque toujours les mêmes vêtements, a la même voiture ordinaire depuis des années et n'aime pas les hôtels de luxe.

— Ta mère non plus n'est pas très dépensière.

— Maman préfère s'acheter des toiles et des couleurs chez Sennelier plutôt qu'une robe ou un manteau, concède Jade en riant doucement. Elle n'a aucun bijou, ce qui peut paraître un comble pour une femme de diamantaire. J'avoue que je suis bien plus frivole qu'elle, mais j'aime ce qui est beau, et je craque facilement.

Le lendemain, en fin de matinée, lorsque tout le monde émerge peu à peu du sommeil et se retrouve dans la vaste salle à manger de l'auberge que tient Stéphane, Victor et Jade sont heureux de voir les visages détendus d'Ivana et surtout de Pavel, qui a repris des couleurs. Stéphane met à leur disposition les équipements pour bébé qu'il a acquis pour le gîte. Il accueille ses hôtes avec joie et souhaite rendre leur séjour agréable. Son caractère avenant et hospitalier rassure les jeunes parents, qui se sentent à l'aise et retrouvent le sourire pour la première fois depuis plusieurs semaines.

Au vu de l'heure tardive pour le montagnard qu'il est, Stéphane a préparé un gros brunch. Il a pensé qu'il valait mieux leur permettre de faire deux repas en un. La longue table en chêne est dressée depuis longtemps. Il y dépose une grosse salade verte aux pommes de terre et aux noix, du pain au levain, du fromage Mont d'Or, du comté, de la cancoillotte, une saucisse de Morteau, une croûte aux morilles, des girolles rissolées, un peu de chou chaud et une superbe tarte aux myrtilles, garnie d'un bon goumeau[1].

— J'avais oublié que tu étais un vrai cordon-bleu, s'extasie Jade.

— À table, je meurs de faim ! s'écrie Victor, les yeux brillants de gourmandise.

— Asseyez-vous, asseyez-vous ! clame Stéphane, heureux de leur faire plaisir, en s'adressant joyeusement à Ivana et Pavel, qui porte Olga dans ses bras. Servez-vous et régalez-vous ! Je reviens avec des boissons chaudes.

La petite ville de Morteau s'étend dans un élargissement de la vallée du Doubs, qui se resserre vers le défilé d'Entre-Roches, puis se rouvre pour donner naissance au val de Morteau. La rivière calme y dessine de nombreuses boucles, d'où le nom de la ville Mortua Aqua, qui signifie « eau morte ». L'auberge de Stéphane se situe non loin de là, dans la direction du tout proche canton de Neuchâtel, en Suisse, à quelques kilomètres.

Le repas s'étire tranquillement, comme lors des vacances ou d'un jour de fête. Au moment de débarrasser la table, Jade reçoit un appel de Maurice. Elle

1. Un goumeau est une préparation culinaire sur une base de crème fraîche entrant dans la composition de certaines tartes. En Franche-Comté, on le prononce fréquemment « gomo », avec deux *o* ouverts.

se rend sur la terrasse en bois, puis revient, porteuse de bonnes nouvelles.

— On a trouvé un avocat à Rotterdam, annonce-t-elle à Pavel. Il va s'occuper de négocier au mieux votre licenciement. Ils sont convaincus que c'est la meilleure façon de régler votre différend et que vous n'aurez plus besoin de vous cacher pour échapper à leurs menaces. Une fois que tout sera réglé, ils vous laisseront tranquilles.

— Ah ? Bon, bafouille Pavel, hésitant. Pourquoi Rotterdam ?

— Parce que mon… parce que Pierre est flamand, reprend Jade, estimant prématuré de révéler que Pierre est son père et qu'il s'appelle Maurice. Il travaille avec des avocats d'affaires à Rotterdam. Il a certainement choisi quelqu'un qu'il connaît et en qui il a vraiment confiance. Cela va prendre un peu de temps. Ne vous inquiétez pas, tout va s'arranger.

Pavel se tait, à la fois touché et préoccupé.

— Ne vous en faites pas, vous n'aurez pas à bouger d'ici, reprend Jade, qui perçoit son trouble. Vous allez pouvoir vous reposer et reprendre des forces. L'avocat s'occupe de toutes les démarches.

— Mais je ne peux pas payer un avocat ! s'exclame Pavel.

— Pas de soucis. Notre organisation prend tout en charge.

— Pourquoi faites-vous ça ?

— Je vous l'ai déjà expliqué, continue Jade calmement. Nous nous sommes engagés à aider ceux qui en ont besoin, pas seulement pour manger, se vêtir et se loger, mais aussi pour retrouver leur liberté d'expression et défendre leurs droits. Nous sommes convaincus que les États et les administrations sont dépassés par le chaos que nous traversons. Dans un monde secoué par des crises de plus en plus violentes, nous croyons que c'est aux groupes et aux associations de prendre le relais. Voilà pourquoi nous essayons d'agir à notre mesure, chaque fois que nous le pouvons.

— C'est tellement généreux, remercie Ivana.

— C'est surtout indispensable, insiste Jade en souriant, si nous voulons offrir un monde meilleur à nos enfants. Plus nous serons nombreux à nous engager, plus nous aurons de chances de réussir cette transition.

— Voilà pourquoi je suis à vos côtés, déclare Victor, sur un ton plus léger, en faisant un clin d'œil à Jade. On peut aussi s'impliquer de façon informelle, sans appartenir à aucune organisation. L'essentiel est de contribuer, chacun à sa manière. D'ailleurs, Stéphane aussi nous aide, et vous allez l'aider en retour : voilà la solidarité réelle ! Et maintenant, je propose une bonne balade dans la nature.

— C'est parti, confirme Stéphane en ouvrant la porte sur un grand soleil. En avant vers le lac des Brenets !

Pendant la promenade, Pavel traîne un peu les pieds. Il cherche à s'entretenir avec Victor.

— Je n'arrive pas à croire à votre joli discours sur la solidarité, déclare-t-il brutalement.

— Ah ? Vous croyez à quoi ? s'étonne Victor.

Pavel se tait un moment, ne sachant que répondre.

— Je ne sais pas à quoi je crois, mais je constate que le monde ne fonctionne pas comme ça. C'est encore le règne du chacun pour soi et de la course au pouvoir.

— Justement, vous ne souhaitez pas que ça change ?

— Je ne suis pas sûr d'en être capable.

— Seul, aucun de nous n'en est capable, c'est évident. Nous avons besoin de nous unir… Pavel, je me trompe peut-être, mais j'ai l'impression que vous ressentez une énorme colère contre ceux qui sont au pouvoir.

— Forcément ! explose-t-il immédiatement, ils ont capté le pouvoir pour eux et nous empêchent de le partager ! La démocratie est un mythe, une illusion, nous n'avons aucune marge de manœuvre, même voter est une mascarade… Cela n'est pas seulement le cas dans l'industrie pharmaceutique, mais dans tous les domaines. Nous devons critiquer le système pour le faire changer.

— Pavel, en restant dans la critique, vous allez être insatisfait toute votre existence, et votre fille fera comme vous, elle pensera que c'est la seule façon de procéder. Elle sera malheureuse à son tour et vivra dans le stress. Vous croyez que vous devez combattre le système, alors que vous pouvez œuvrer en faveur d'une autre façon de vivre ensemble. Ce sera beaucoup plus efficace. Vous serez bien plus utile et plus serein.

Pavel réfléchit à cette nouvelle option. Il n'y avait encore jamais pensé : ne plus lutter contre, mais *avec* les autres, pour créer ensemble une nouvelle donne. Au fil de leur discussion, il confie à Victor qu'il a tendance à s'inquiéter pour les autres et à vouloir les sauver. C'est la principale raison pour laquelle il a choisi de travailler dans la recherche médicale, pour trouver des remèdes efficaces et guérir les malades.

— Je trouve ça très beau d'avoir une motivation aussi forte pour son métier, mais je crois que c'est inutile d'en faire une contrainte. Comme chacun de nous, vous faites de votre mieux. Vous n'êtes pas obligé de sauver la planète entière.

— Je crois que j'aurais aimé, glisse Pavel.

— On ne peut pas soigner quelqu'un qui refuse de se laisser soigner, et encore moins guérir une personne qui ne souhaite pas guérir. La guérison est avant tout un choix très personnel, la qualité du traitement ne vient qu'après.

— Ce que vous dites là est une révolution pour moi. Je n'avais jamais envisagé les choses ainsi, concède-t-il.

— Alors, prenez le temps d'y penser sérieusement. Vous savez, je crois que vous serez plus utile en créant votre complément alimentaire et en le vendant tranquillement sur Internet qu'en dénonçant l'industrie pharmaceutique ou en postant des vidéos accusatrices sur la Toile. Laissez tomber cette guerre contre les multinationales, vous serez forcément perdant. Essayez d'être plus pragmatique, en faisant des choses salutaires pour vous et pour vos proches.

— Vous me faites la morale. Je n'aime pas ça, s'irrite Pavel, en accélérant le pas pour s'éloigner.

— Je suis désolé. Ce n'est pas mon intention. Vous avez raison, j'ai un côté M. Je-sais-tout. Je parle de façon péremptoire, mais je crois vraiment que nous pouvons faire bouger les choses, si nous le faisons ensemble. Essayez de penser à ce changement de perspective.

— Mmm...

Pavel marche quelques pas devant lui.

— Vous pouvez m'écrire, ajoute Victor après un instant, en lui tendant sa carte de visite. Cela me fera plaisir d'avoir de vos nouvelles.

Alors que tout le monde se rassemble au bord du lac, d'un grand geste, Stéphane montre l'autre rive :

— De l'autre côté, la Suisse... Vous voyez, c'est tout près.

Cette perspective fait tomber la rage de Pavel, qui se met à contempler les montagnes boisées au loin, en rêvant à une vie meilleure.

*

« La seule voie qui offre quelque espoir
pour toute l'humanité est celle
de la coopération et du partenariat. »
Kofi Annan,
économiste et diplomate.

« En regardant la Terre de loin,
vous comprenez qu'elle est juste assez grande
pour prospérer grâce à la coopération. »
Youri Gagarine, cosmonaute

De fait, au cours de l'Histoire, les grandes découvertes, les progrès sociaux et les améliorations des conditions de vie ont toujours été le fruit de la coopération.

Il est plus utile de s'engager concrètement pour améliorer nos conditions de vie plutôt que de condamner des personnes et de combattre leurs idées.

Il est également plus efficace d'agir à l'échelle locale, avec des personnes proches, de façon pratique, plutôt que dans l'anonymat sur Internet ou face à des multinationales difficilement accessibles.

6

Rambouillet, début mars

En ce dimanche matin, Loïc se sent tendu et fatigué, après une mauvaise nuit. Envahi par ses soucis au travail et ses interrogations concernant son avenir professionnel, il est très à vif dans sa relation avec Diane, ce qui le rend impatient et irascible. Il ressent le besoin de prendre du recul. Il décide d'aller passer la journée chez son père, qui habite une jolie maison près de la forêt de Rambouillet.

— Bonjour, mon grand ! lance Olivier, très joyeux, serrant fort son fils dans ses bras.

— Salut, Papa.

— Ça me fait rudement plaisir de te voir !

— Moi aussi. Désolé d'être venu à l'improviste. J'ai besoin de parler. Je ne vais pas bien.

— Oh… Tu as bien fait de venir. Tu es le bienvenu, quand tu veux.

— J'arrive les mains vides.

— C'est très bien, c'est très bien. Les mains vides et le cœur plein ! Installe-toi, je finis de préparer le repas et je te rejoins.

Pendant le déjeuner, Loïc se montre nerveux et taciturne. Il n'arrive pas à dire ce qu'il a sur le cœur. Olivier ne s'en formalise pas. Il connaît bien son fils. Il lui raconte avec enthousiasme ses promenades en forêt, puis revient sur son voyage au Canada, l'été précédent.

— Au fait, tes poèmes ont été traduits en anglais ? lui demande Loïc.

— Oui, ça y est. Ils sont même publiés et illustrés.

— C'est super ! Félicitations !

— Merci. Il se trouve que Leo, mon ami canadien, a réalisé quelques dessins. Il les a gentiment ajoutés à la version anglaise. Je te donnerai un recueil tout à l'heure. À mon sens, c'est très réussi.

— Vous avez eu de la neige, la semaine dernière ?

— Oui, il a neigé, une nuit. Quand je me suis levé, c'était splendide, toute cette neige sur la pelouse et sur les branches des arbres, mais le soleil l'a fait fondre en quelques heures.

Après le repas, Loïc se repose un instant sur le canapé. En revenant de la cuisine, Olivier remarque le dos voûté de son fils, sa bouche amère, ses yeux las. Il se tord les mains et ne tient pas en place. Cette vision lui serre le cœur.

— On va se promener ? propose-t-il pour l'aider à se sentir mieux.

— Oui, ce sera plus facile de parler en marchant.

Olivier emplit une bouteille d'eau filtrée, enfile des chaussures de marche, ferme la maison, puis ils prennent tous les deux le chemin de la forêt. L'air vif stimule délicatement leurs sens tout en apaisant progressivement leur esprit. Les toutes premières feuilles, d'un vert extrêmement tendre, déploient leurs formes ovales, joliment dentelées et rayées, sur les branches des charmes.

— Qu'est-ce qui t'arrive ? s'enquiert Olivier, une fois qu'ils sont dans les bois.

— Je ne comprends pas ce qui m'arrive. Je n'arrête pas de me disputer avec Diane. Je n'en peux plus, murmure-t-il, les larmes aux yeux.

— Oh, mon poussin, prononce son père, en lui tapotant le haut du dos.

— C'est ridicule, Diane m'en veut de ne pas croire à l'astrologie… Mais depuis des années, chaque fois qu'elle a prédit quelque chose, pour elle comme pour sa famille ou pour moi, rien ne s'est jamais réalisé. Je ne vois pas comment je pourrais y croire ! Je ne vois pas non plus pourquoi elle y tient tant. En plus, elle a une façon de parler des rêves que je trouve violente.

— C'est-à-dire ?

— Elle fait comme avec l'astrologie, répond Loïc en marchant d'un bon pas. D'après elle, les rêves permettent de prédire ce qui va nous arriver. L'autre jour, elle s'est mise en rage quand je lui ai raconté le rêve d'un voyage qu'elle faisait avec moi. Ça ne lui a pas plu du tout. Je n'ai pas compris pourquoi… Depuis, je préfère garder mes rêves pour moi.

— Tu as raison de ne pas raconter tes rêves. C'est très intime, un rêve. Cela te concerne toi, profondément. Tu es le seul à pouvoir les comprendre vraiment. Il vaut mieux ne pas en faire étalage.

Loïc pousse un grand soupir, soulagé de se sentir compris. Ils marchent un moment en silence, puis Loïc reprend, péniblement.

— Il y a pire, encore, et je m'en veux beaucoup, poursuit Loïc en soupirant de nouveau.

— Ah ?

— Diane et Maëva s'entendent très bien.

— Tant mieux, c'est formidable !

— Je me rends compte que je suis jaloux de leur relation. C'est trop bête, mais je n'arrive pas à m'en empêcher.

— Oh, ce n'est pas bête du tout. Tu n'es pas le seul père à envier la relation d'une mère avec ses enfants. Je crois bien que c'est inévitable, même.

— Ah oui ?

— Tu pourrais plutôt essayer de comprendre en quoi cela te pèse autant ?

— Je m'en veux d'être aussi jaloux. Je m'en veux terriblement.

— Ta relation avec Maëva est pourtant fabuleuse, non ?

— Oui, je l'adore, et elle me le rend bien.

— Alors, tu vois, tu n'as aucune raison de t'alarmer.

— Ben… quand elles sont ensemble, j'ai l'impression qu'elles m'excluent, qu'elles me rejettent.

— Ah, ça, c'est différent.

— Pourquoi tu dis ça ? s'inquiète Loïc.

— Hum... Je crois que tu aurais besoin de t'engager dans une thérapie, pour guérir de cette blessure-là, ta vieille blessure d'abandon.

— Tu veux dire quand Maman nous a laissés tomber, quand elle est partie avec cet Iranien sans donner de nouvelles, et qu'elle n'est plus jamais revenue ? renchérit Loïc avec une fureur contenue mêlée d'une détresse sourde.

— Oui. D'ailleurs, c'est surtout toi qu'elle a laissé tomber. Qu'elle me quitte pour un autre, cela arrive, c'est même monnaie courante entre adultes, mais elle n'aurait pas dû t'abandonner, toi, en te laissant sans nouvelles comme si tu n'existais pas. Ce n'est pas pareil, tu étais son enfant, tu étais tout petit.

— J'avais quel âge, déjà ?

— Tu allais avoir trois ans. Cela a été une terrible tragédie pour toi, mon pauvre poussin. Tu étais tellement perdu.

Loïc reste songeur un long moment, regardant au loin.

— Tu me conseilles quoi... comme thérapie ?

— Ce n'est pas tellement le type de méthode qui compte, mais de trouver une personne capable de t'accompagner.

— Qu'est-ce que tu veux dire ?

— Une ou un thérapeute qui t'accueille vraiment, qui t'écoute, te respecte, te laisse te révéler à toi-même, ne t'impose rien et, surtout, quelqu'un de patient, qui te permette de faire des pauses.

— Des pauses ?

— Oui, exactement, c'est fondamental. On s'est rendu compte que la réussite d'une démarche thérapeutique ne vient pas tant du praticien que du patient, de sa façon à lui de s'impliquer dans sa thérapie et de faire de nombreuses pauses au cours de chaque séance, pour sentir réellement tout ce qui se passe en lui, dans son corps, explique Olivier, en insistant sur ces derniers mots.

— Et tu connais quelqu'un qui pourrait m'accompagner comme ça ?

— Oui. Fabienne, une collègue en Bretagne. On se connaît très peu, personnellement, et on ne travaille pas dans les mêmes groupes, donc ça tombe très bien. Tu pourras te sentir libre de lui dire tout ce que tu veux, y compris sur moi, ajoute-t-il en riant.

— Elle est en Bretagne ?

— Oui, à Saint-Malo. Elle travaille à distance, par Skype ou Zoom, comme tu voudras. Si cela te convient.

— Euh… Pourquoi pas, après tout ? L'essentiel, c'est que j'aille mieux et que je guérisse de cette blessure, comme tu dis, approuve Loïc en souriant à son père.

— Exactement.

— J'avoue que je suis surpris que tu ne m'aies pas recommandé un collègue psychanalyste à Paris.

— Ah, je crois bien que nous sommes en train d'assister à la fin de la psychanalyse, remarque Olivier avec regret. Je ne dis pas cela de gaieté de cœur, tu t'en doutes, moi qui ai tellement défendu cette thérapie durant tant et tant d'années, mais je dois reconnaître qu'elle ne suffit pas à nous guérir et qu'elle est probablement dépassée, à moins qu'elle ne se renouvelle en profondeur. Nous verrons si nous en sommes capables, car cela dépend de chacun de nous. Bref, je suis toujours psychanalyste, mais je cherche aussi du côté de la neurobiologie et du chamanisme, disons de la transe.

— De la transe ?

Loïc ne cache pas sa surprise.

— Oui, de la conscience élargie, si tu préfères. Tout ce qui nous permet d'entrer dans un monde plus grand, de voir au-delà du visible et d'entendre au-delà de l'audible, de développer d'autres perceptions, plus fines.

— Notre intuition ?

— Oui, on peut le dire comme ça.

— Et ça te plaît ?

— Beaucoup, oui, parce que ça me permet de me renouveler, d'apprendre de nouvelles choses, de voir la vie autrement, et mon métier avec. Je trouve cette aventure passionnante. Et je crois que cela va m'aider à rester motivé jusqu'à ce que je prenne ma retraite. Nous faisons un métier tellement difficile, tellement épuisant, que nous avons besoin de nous ressourcer.

— Bien sûr, approuve Loïc. En tout cas, tu as l'air en forme.

— Oui, on peut dire ça. Après un gros burn-out et deux infections de ce foutu virus, qui m'ont mis complètement à plat, on peut dire que je suis en forme ! s'exclame Olivier en riant de bon cœur. Je suis vivant, c'est l'essentiel !

Les deux hommes marchent un long temps sans converser, écoutent le chant des oiseaux et admirent les rayons du soleil qui percent à travers les branches des arbres. Un peu plus tard, Olivier ajoute :

— Tu sais, l'astrologie est aussi un instrument d'émancipation pour les femmes.

— Comment ça ?

— C'est une longue histoire, qui remonte au Moyen Âge et aux procès en sorcellerie. Aujourd'hui, plus de la moitié des femmes croient à l'astrologie. D'ailleurs, cette pratique était déjà très en vogue dans les années 1970. Toutes les sciences occultes, l'astrologie en tête, défient l'hégémonie masculine, car le pouvoir machiste s'appuie de façon tellement arrogante sur la rationalité et la technique qu'il en oublie les dimensions sensible, intuitive et subtile de nos existences.

— Mince alors, s'écrie Loïc avec humour, me voilà donc un machiste rétrograde !

— Tu n'es pas le seul. Nous sommes très nombreux à l'être, moi le premier, avoue Olivier. Nous, les hommes, nous avons un grand chemin à parcourir pour nous affranchir. Notre émancipation à nous concerne tous les conditionnements, les fausses idées et les préjugés auxquels nous nous accrochons. Ils nous empêchent de voir la réalité telle qu'elle est et empoisonnent nos relations. Désormais, les pratiques ancestrales mêlant nature, énergie, magie et divination sont proposées par les féministes comme des outils d'accomplissement et de connaissance de soi. Il est essentiel de nous y ouvrir aussi. Cela ne rime à rien de nous opposer, et nous ne pouvons pas rester à la traîne de cette évolution culturelle, qui est en train de produire un grand changement de la société et des relations entre les femmes et les hommes. Alors, tu aurais tout intérêt à t'ouvrir à ça, toi aussi, à t'y intéresser à ta façon... et à laisser Diane faire son chemin comme elle l'entend.

— D'accord. Je comprends mieux, maintenant.

— Surtout que l'astrologie pratiquée par les femmes s'est débarrassée des stéréotypes sexistes et homophobes. On a tous à y gagner.

— Alors, toi aussi, tu crois au monde d'après, Papa ? interroge Loïc, très concerné.

— Oui, mon fils, j'y crois. Plus que jamais. Si nous ne le créons pas dès maintenant, ce nouveau monde, il sera peut-être trop tard.

*

« L'étude du chamanisme s'est fortement développée dans les milieux scientifiques depuis ces vingt dernières années en raison d'un intérêt grandissant de la part des patients pour cette forme de médecine alternative, qui plonge ses racines dans les traditions profondes de notre civilisation. »

Claude Berghmans,
docteur en psychologie

Ces nouvelles recherches envisagent la guérison en étudiant l'influence de la spiritualité sur la santé, en lien avec les processus de transformation intérieure, notamment en activant nos capacités d'autoguérison grâce à l'écoute de nos intuitions et au respect de la sagesse profonde de notre corps.

Dans le même mouvement, l'ouverture aux dimensions subtiles nous met en contact avec l'invisible, l'immensité du cosmos et de ses mystères, ce qui favorise le développement de la finesse de nos perceptions et de notre conception de la vie.

7

Morteau, le 10 avril

Bonjour Docteur,

Je ne sais pas si je peux vous appeler Victor. Après tout, vous avez aussi été mon médecin, pendant ma crise de l'hiver dernier, alors je vais rester formel, pour l'instant.

Je saisis la proposition que vous m'avez faite de vous écrire pour vous donner des nouvelles. Je vais mieux. Tout se passe bien ici, à tel point que je découvre qu'il y a plusieurs façons de vivre sur cette Terre, mais aussi plusieurs mondes qui cohabitent et qui s'ignorent, le plus souvent. Je suis en train de me rendre compte que j'apprécie cette vie au calme, à la montagne, loin du chaos et des fracas de ce « monde » que nous imposent quotidiennement les médias. Ici, au contraire, tout est paisible et lent : les êtres comme la nature. Cela nous fait tellement de bien. Merci encore de nous avoir conduits dans ce petit paradis. C'est une sorte de réserve naturelle complètement préservée.

Olga grandit bien, elle commence même à faire ses premiers pas, sur la grande terrasse en bois ou dans le jardin, que les jonquilles, les muscaris, les pensées et les premières tulipes égayent de couleurs très vives. Ivana se détend de plus en plus, elle aussi. Elle récupère après ces derniers mois de stress intense, un stress effroyable, même. Je n'exagère pas, c'est vraiment ce que nous avons vécu. De mon côté, je passe beaucoup de temps avec Stéphane. Je l'aide à la cuisine, dans la grande maison, dans le jardin. C'est un homme simple, pratique et bon. Il est aussi très silencieux. Ses mots rares sont pesés, efficaces, liés aux actions qu'il est en train de réaliser. Il nous écoute en posant sur nous un regard très doux. Cela me change des grands discours manipulateurs du monde pharmaceutique.

J'ai l'impression de me désintoxiquer de tout un fatras culturel qui m'encombrait au point de ne plus laisser de place à mes propres sentiments ni à mes propres pensées. De fait, je dors incomparablement mieux. Je crois que, moi aussi, je suis en train de retrouver une bonne forme. D'autant plus que nous allons marcher tous les jours. Les possibilités de promenades ne manquent pas. C'est un peu comme si nous étions dans une maison de convalescence.

Bien sûr, cela ne pourra pas durer éternellement. Je vais devoir retrouver un travail, dans un milieu plus sain. Ivana voudrait reprendre une activité professionnelle, elle aussi, peut-être dans le domaine de la petite enfance. De mon côté, je vais essayer de trouver un laboratoire indépendant, fabriquant des compléments alimentaires de qualité « biologique », qui respecte les valeurs humaines et écologiques. Stéphane m'a dit qu'il y en avait en France comme en Suisse.

Je n'ai pas oublié votre suggestion lors de notre balade vers le lac des Brenets. Vous me disiez que je pourrais créer moi-même un petit laboratoire de ce genre. J'y pense souvent. Je vous remercie de m'y avoir incité, c'est une excellente idée. Dès que je me sentirai prêt, je noterai toutes les idées qui me viennent pour mener à bien ce projet.

Nous sommes aussi très reconnaissants envers Pierre, et bien sûr envers Marie. Lorsque vous étiez là, j'ai compris qu'elle était votre compagne et qu'elle s'appelle Jade. J'espère, un jour, revoir Pierre et connaître son vrai prénom, pour le remercier personnellement. Même si cela me soulage, je suis gêné qu'il s'occupe de mon licenciement. Je me doute bien qu'il vaut mieux que les négociations se passent directement entre avocats, mais je me sens tellement privilégié, et je plains les personnes qui n'ont pas la possibilité de bénéficier d'une aide aussi extraordinaire. Une fois encore, ce monde-là peut être d'une terrible férocité. Je ne veux pas y penser trop longtemps, alors je reviens à la nature époustouflante qui surgit des profondeurs de la terre, chaque fois plus vivante grâce à la puissance du printemps. J'aime le printemps ; il est une force qui va, irrésistible, comme la vie qui pulse en nous.

Je viens d'aller éplucher des patates douces et de couper des poivrons rouges qui vont accompagner le canard que Stéphane est en train de préparer pour le faire mijoter. Je ferai la salade composée un peu plus tard : mâche, noix, raisins secs, avocat et quelques feuilles de basilic finement coupées. Chaque jour, nous nous régalons, et cela fait partie de notre joie de vivre ici.

Hier, j'ai écouté Petr Robejšek, un économiste tchèque. Je le trouve très intéressant, car il propose un nouveau modèle de société. D'après lui, l'élite de nos pays se caractérise par un comportement sociopathique, à la fois égocentrique, autoritaire et destructeur. Cet homme propose plus de sobriété, plus de profondeur. Par exemple, il préconise de ne renouveler certains vêtements qu'une fois par an, de prendre une grande distance avec l'information donnée par les médias pour réfléchir à partir de la réalité de nos expériences, afin de développer notre propre pensée.

Je voudrais faire partie d'un groupe de pionniers proposant une autre façon de vivre ensemble. Je ne sais pas ce que vous en pensez. Peut-être trouvez-vous que je suis trop utopiste ? Pour en revenir à des considérations plus immédiates, Stéphane m'a appris que Morteau est à 40 kilomètres de Neuchâtel et que la frontière suisse est à moins d'un quart d'heure en voiture ou même en train. J'espère pouvoir y aller bientôt pour voir comment c'est, de l'autre côté, et me faire ma propre idée sur ce pays qui m'attire depuis longtemps.

Il y a aussi quelque chose que je voulais vous raconter, pour vous expliquer ma vocation. Je suis né et j'ai grandi en Moravie, au sud de la Tchéquie, dans une famille pauvre. Lorsque j'étais adolescent, ma grand-mère maternelle est tombée gravement malade. À l'hôpital, les médecins lui ont découvert un cancer déjà très avancé. Elle a voulu rentrer à la maison, pour y vivre ses derniers jours, dans la tranquillité de ses habitudes et de son joli jardin. Elle a tenu encore un an, beaucoup plus que le pronostic établi par le corps médical. Elle est morte dans la sérénité et la douceur, entourée de ses enfants. De mon côté, j'ai été très marqué par l'impuissance et l'indifférence de la médecine. Rien n'a été tenté, rien n'a été fait pour l'aider à guérir ou pour la soulager. C'est ainsi que j'ai décidé de consacrer mon existence à chercher des remèdes aux maladies, même les plus graves. Je suis allé faire mes études de pharmacie à l'université Masaryk de Brno. J'ai travaillé d'arrache-pied pour me hisser au plus haut niveau et pouvoir faire de la recherche dans ce domaine. Cela explique probablement pourquoi je me sens tellement engagé dans cette lutte contre les maladies, dans ce combat pour sauver des vies, et pourquoi j'arrive si difficilement à prendre du recul.

Je souhaitais vous expliquer tout cela pour que vous ne me preniez pas pour un fou, pour que vous compreniez mieux mes engagements. Maintenant, je vous laisse.

J'entends Olga qui gazouille dans les bras d'Ivana et je vais préparer la salade pour notre déjeuner.

Bien sincèrement,

Pavel

*

« La marche permet de relâcher les tensions qui s'installent dans le dos, la nuque, les épaules, quand nous sommes stressés. Ce relâchement physique induit immédiatement un relâchement psychique. »

Pierre-Yves Brissiaud,
psychothérapeute

La marche aide à mieux respirer, à prendre de la distance avec ses émotions, à relativiser ses soucis. Elle apaise le système nerveux, favorise une vision plus claire, une communication plus factuelle. Elle permet de prendre de meilleures décisions.

Quelques astuces.

Si vous avez peu de temps, allez à votre travail ou à vos cours à pied ou à vélo. Descendez du bus ou du métro un arrêt ou une station avant votre destination. Oubliez ascenseurs et escalators : montez et descendez les escaliers ! Garez votre véhicule à distance de l'endroit où vous devez vous rendre, pour marcher un peu. Faites vos petites courses à pied !

8

Boulogne-Billancourt

Ce soir, Loïc rentre un peu plus tôt du travail pour sa première séance avec Fabienne. Soulagée de le voir prendre soin de lui, Diane l'accueille avec affection. Maëva, qui va bientôt fêter ses cinq ans, lui raconte sa journée, puis demande qu'il lui chante une chanson, ce qu'il fait volontiers.

Après s'être désaltéré, il pose son ordinateur portable sur une petite table devant lui et s'assoit sur une chaise. Lorsqu'il lance la communication *via* Skype, il se sent plus excité qu'anxieux, curieux de découvrir concrètement comment se déroule une thérapie.

Longtemps, il n'imaginait pas qu'il aurait un jour recours à l'aide d'un professionnel. Il était convaincu de pouvoir se débrouiller tout seul, pour faire face à ses problèmes sans aide extérieure. Maintenant, le moment est venu pour lui de se lancer dans l'aventure, c'est-à-dire d'accepter de se laisser accompagner, de s'en remettre à quelqu'un d'autre pour explorer sa vie intime. C'est un grand pas qu'il franchit. Il perçoit combien cette nouvelle attitude lui permet de se détendre, de relâcher l'énorme pression accumulée en lui depuis si longtemps, comme les gros nuages noirs d'un ciel qui tourne à l'orage.

Fabienne apparaît sur son écran. Posée, calme et douce, elle lui souhaite chaleureusement la bienvenue. Elle écoute Loïc lui exposer timidement la motivation de sa démarche. Tout en retenue, il avance à tâtons pour exprimer ses questionnements existentiels. Il cherche ses mots lorsqu'il tente de préciser ce qu'il souhaite découvrir.

Après un bref silence, durant lequel Loïc semble reprendre ses esprits, Fabienne lui propose d'enlever ses chaussures, pour percevoir directement le sol sous ses pieds.

— Je vous invite à fermer les yeux un instant. Prenez contact avec votre respiration, comme elle va, comme elle vient. Accueillez-la, tout simplement. Bien. Vos pieds touchent le sol et sont touchés par le sol. Vous sentez ces deux mouvements ?

— Mmm… Oui.

— Le toucher est toujours réciproque : nous touchons, nous sommes touchés.

Fabienne consacre alors quelques minutes à expliquer sa démarche à Loïc. Elle s'appuie sur plusieurs méthodes anglo-saxonnes. Parmi elles, le Focusing d'Eugene Gendlin permet de se laisser guider par notre boussole intérieure, en écoutant nos ressentis et notre intuition, qui nous inspirent au quotidien et nous aident à nous exprimer avec nos propres mots, en développant une pensée personnelle. La Somatic Experiencing de Peter Levine nous guérit de nos traumatismes en restaurant la fluidité du système nerveux. Grâce à nos propres ressources, nous sommes en mesure de rétablir progressivement notre équilibre physiologique perdu lors des épreuves que nous avons traversées, puis de retrouver la joie de vivre.

— Vous croyez que je suis traumatisé ? interroge Loïc.

— Nous le sommes tous, d'une façon ou d'une autre.

— Ah…

— On a coutume de dire que ces thérapies sont « centrées sur la personne », c'est-à-dire sur ce que vous vivez, vous, au présent, sur la manière dont vous le vivez, et sur vos ressources personnelles. Cela vous aide à accéder aux bonnes informations sur la réalité, pour ne pas rester dans des croyances limitantes, dans de fausses idées sur vous-même et dans des schémas de survie qui ne vous sont plus utiles aujourd'hui - et qui peuvent même vous freiner, notamment dans vos relations.

— Cela doit être le cas avec Diane, alors, comprend soudain Loïc, songeur.

— Plusieurs fois au cours de chaque séance, je vous proposerai de faire des pauses, de prendre tout votre temps pour repérer ce qui se passe en vous.

Afin de vraiment guérir de nos blessures, nous avons besoin de faire une expérience complète avec nos trois cerveaux : les sensations, les émotions et les pensées, tout à la fois. Voilà, maintenant que vous connaissez mon approche, je vais vous demander de me parler de ce qui vous préoccupe en ce moment.

— Euh… Je vais plutôt commencer par le boulot.

— Comme vous voulez.

— Je suis architecte, je travaille dans un cabinet avec des associés. Je ne m'y sens plus à ma place. J'aime beaucoup mon métier, mais je n'ai plus envie d'aller travailler.

— Qu'est-ce qui vous arrive ?

— Je ne m'entends plus avec mes collègues. Nous ne partageons pas les mêmes valeurs. Ils sont matérialistes, courent après l'argent. Ce sont eux qui l'affirment avec insistance. Ils voudraient me convertir à leur vision du monde, mais ce n'est pas ma façon de voir la vie, ce n'est pas ce qui m'intéresse.

— Qu'est-ce qui vous motive, dans votre travail ?

— Je veux créer de la beauté. Je veux que le monde qui nous entoure soit beau, pas fonctionnel ou utilitaire, mais agréable à vivre, pour tout le monde, pas seulement pour une poignée de riches.

— Que se passe-t-il en vous quand vous êtes en leur présence ?

— Je perds mes moyens.

— Plus précisément ?

— Quand mes associés, surtout le directeur, me critiquent ou m'attaquent, parce qu'ils ne partagent pas mon point de vue, je sens que… je me débranche de mon flux vital, je me coupe de ce qui est le plus essentiel en moi. C'est comme si je devenais impuissant, immobilisé, incapable de me défendre.

— C'est une sorte de dissociation biologique. Cela vous fige, vous sidère.

— Oui.

— Fermez les yeux et dites-moi ce que vous sentez en vous.

— De la peur… et une pression très forte, comme si je mobilisais tout mon être pour ne pas tenir compte de cette peur.

— Prenez le temps de sentir votre peur. Où est-elle ?

— Dans mes épaules, dans mon dos, entre mes omoplates, au fond de mon ventre. J'ai froid aux mains, aussi. Tout d'un coup, je suis envahi par une agitation, une précipitation, comme si j'étais affolé.

— Observez l'agitation, la précipitation qui vous déstabilise.

— Ça monte dans le cou, vers la tête.

— Laissez faire.

— Je suis en colère. J'en ai marre de tous ces reproches, de toutes ces critiques qui n'en finissent pas, ça me révolte. J'ai besoin de me reposer. Je n'en peux plus de supporter tout ça. J'ai envie de me mettre en boule, pour me protéger, pour me détendre aussi.

— Imaginez que vous vous recroquevillez, que vous vous mettez en boule… Comment le vivez-vous ?

— Bien. Je suis mieux, constate Loïc, après un temps, gardant les yeux fermés.

— Posez vos mains en bas de votre dos, propose Fabienne en parlant lentement et en prenant tout son temps pour chaque invitation. Vous sentez vos mains contre votre dos et votre dos contre vos mains. Quand vous le souhaitez, vous pouvez les poser sur votre ventre. Soyez présent, là, sous vos mains ; écoutez ce qui se passe.

— Je ne veux pas que ça recommence ! s'exclame Loïc avec vivacité. J'ai envie de courir, de dire stop !

— Dites-le à haute voix.

Loïc ouvre les yeux. Il répète plusieurs fois « Stop ! », d'une voix de plus en plus affirmée.

— Vous pouvez aussi le signifier avec vos mains et avec vos yeux.

Il fait des gestes devant lui, en soufflant fort, comme pour repousser quelqu'un.

— Maintenant, vous pouvez croiser vos mains sur votre plexus solaire… Laissez l'émotion vous traverser, sentez comme vous êtes vivant dans votre corps.

— J'ai l'impression d'avoir un océan d'énergie dans mon bassin. L'énergie circule, elle monte, elle descend.

— Vous passez progressivement d'une hypervigilance à une meilleure assise sur votre chaise, une plus grande présence à vous-même. Vous pouvez remarquer une dilatation de votre cage thoracique, de vos poumons.

— Je suis moins figé. Je me sens plus libre… J'ai envie de bouger, murmure-t-il.

— Faites tous les mouvements dont vous avez besoin. Très lentement.

Loïc bouge ses épaules, ses mains, ses pieds, sa tête.

— Quel est le désir qui vient de votre cœur, là, tout de suite ?

— Me rebrancher à mon courant profond. Vivre vraiment !

— Très bien. Quelles sont vos sensations ?

— Mon corps a plus d'énergie. Il est plus dense, plus rassemblé. Il a plus de volume. Je sens davantage de force dans le tronc, ça circule dans tout le corps. J'ai l'impression de rayonner.

— Essayez de repenser un court instant à vos collègues.

— Je les vois de loin, maintenant. Ils sont loin de moi, sur le pas de la porte de mon bureau.

— Est-ce que la distance est bonne pour vous ?

— Oui, répond Loïc, en hésitant un peu.

— Vous auriez besoin d'une distance encore plus grande ?

— Oui, je crois.

— Alors, éloignez-les de vous, jusqu'à ce qu'ils soient là où c'est bon pour vous.

— Dans le couloir ou dans leurs bureaux à eux, le plus loin possible de moi.

— Placez-les où c'est bien pour vous.

— Ah oui, comme ça, c'est bien mieux. Je respire, je me sens plus tranquille, plus unifié, affirme Loïc en souriant pour la première fois depuis le début de la session. J'ai l'impression de me reconnecter à l'infini, un peu comme si j'avais perdu de vue l'horizon depuis longtemps. Je survivais en vase clos, dans un monde fermé. Je suis tellement plus léger !

— Voilà, acquiesce Fabienne. Votre système nerveux autonome vient de se débarrasser d'un gros stress qui s'accumulait depuis trop longtemps. Vous retrouvez fluidité, présence, ouverture, c'est-à-dire votre état naturel d'équilibre et de disponibilité. Cela n'a rien à voir avec la pétrification du début, si ?

— Effectivement, j'ai la sensation d'être très différent. Je me sens beaucoup mieux.

— Qu'allez-vous retenir de cette première séance ? lui demande-t-elle.

— Que rien n'est définitif, même ce qui nous fait souffrir, répond Loïc spontanément. Tout passe.

— Exactement. Les sensations évoluent sans arrêt. Chaque étape est importante. Vous voyez comme c'est indispensable de prendre tout son temps avec chaque sensation, chaque émotion, pour se réassocier, se retrouver soi, en entier ?

— Oui, confirme-t-il.

Heureux de ce premier entretien et convaincu des bienfaits de l'accompagnement de Fabienne, Loïc décide de prendre rendez-vous pour une prochaine séance. Une fois l'appel terminé, il écoute une brève vidéo de Peter Levine, en anglais, qui confirme son intérêt pour sa méthode simple et intuitive, puis écrit quelques mots sur son bloc-notes. En sortant de la chambre, un peu étourdi, il a l'impression de voir tout ce qui est autour de lui comme pour la première fois. Les couleurs sont plus vives, les distances, plus réelles, son regard lui semble neuf. Il soupire d'aise, puis rejoint Diane et Maëva dans le salon.

*

« Nous sentons plus que ce que nous pouvons penser,
et nous vivons plus que ce que nous pouvons sentir.
Si nous explorons de façon authentique ce que nous
sentons, nous sommes capables de ressentir
encore plus, et devenons plus tranquilles,
plus à l'aise avec nos expériences,
plus en accord avec ce que nous vivons. »
Eugene Gendlin, 1971

« Je contacte en moi la voix silencieuse, la voix sans
mot, si profondément sage et intemporelle,
qui me guide pour retrouver mon unité. »
Peter Levine, 1997

Lorsque les questionnements sont très vifs, que les difficultés s'accumulent ou qu'une souffrance s'installe, il peut être bienvenu de s'engager dans une thérapie, en prenant le temps de trouver une personne de confiance. Un processus d'écoute de soi, de ses ressentis et de son corps se met alors en place naturellement. Il favorise un lâcher-prise profond, faisant fondre les tensions, la pression et les nœuds accumulés, pour retrouver un bon niveau d'énergie vitale et une meilleure relation avec soi-même.

9

Bruxelles, premiers jours de mai

— Je crois que j'ai un retard de règles, lance Jade en sortant de la salle de bains.

— Ah ? Quelle bonne nouvelle ! s'exclame Victor, assis dans le salon.

— On ne s'emballe pas, cher Monsieur. Je vais attendre encore un peu avant de faire un test de grossesse.

— D'accord. Tu le feras à un moment où je suis là ?

— C'est promis !

— Je rêve tellement d'avoir un enfant avec toi !

Attendrie, Jade regarde intensément son compagnon de vie. Une douce vague de chaleur traverse son corps.

— Tu ne vas pas travailler ? s'enquiert-elle, en finissant de se préparer.

— Pas tout de suite. Je voudrais répondre à Pavel. J'ai dégagé un peu de temps ce matin pour le faire, sinon je risque d'oublier.

— C'est sympa... Tu te souviens que Niels vient dîner ce soir ?

— Qui ?

— Enfin, Niels ! Niels Van Dyke, mon ami styliste !

— Oh, chouette ! Il vient te présenter sa nouvelle collection ? plaisante Victor.

— Tu sais bien que je ne lui achète rien, le pauvre. Je ne suis pas une bonne amie, de ce côté-là. Il est obligé de me donner des habits pour que je les porte, c'est un comble. Heureusement qu'on se connaît depuis que je suis toute petite. En réalité, il a une super idée qu'il voudrait nous exposer en détail.

— Ah oui ?

— Chéri, il faut que j'y aille. Je veux absolument arriver au bureau avant la réunion que j'anime pour lancer ce programme de recherche sur la physique quantique et la santé...

— Entendu. Je ne te retiens pas plus longtemps.

— En deux mots, Niels voudrait organiser avec nous des déjeuners réunissant des personnes de bonne volonté qui veulent créer le monde d'après, en rassemblant nos forces pour coopérer.

— Génial, j'adore cette idée ! Il en connaît ?

— Apparemment, oui.

— Formidable. Qu'est-ce que je prévois pour le repas ?

— Léger, mais fin.

— D'accord, je fais comme d'habitude.

— Bon, je file. À ce soir !
— Bonne journée !

Victor vérifie rapidement l'état des provisions dans les placards et le réfrigérateur, puis passe une commande de légumes, fruits frais et tofu. En ce moment, Jade et lui testent le régime paléolithique, avec beaucoup de légumes, de racines, de graines, de noix et de fruits, notamment des baies, et des œufs ; parfois, un peu de viande blanche ou de poisson, le midi. Ils en sont contents, pour l'instant, car ils digèrent mieux, dorment profondément et ont un meilleur niveau d'énergie, mais ils se disent qu'ils ne l'adopteront probablement pas pour une période très longue, car il est un peu contraignant pour la préparation des repas.

Victor s'assied confortablement, relit attentivement la lettre qu'il a reçue il y a quelques jours, puis se met à écrire.

Cher Pavel,

Je vous remercie pour votre lettre et tout ce que vous me confiez. Bien sûr, vous pouvez m'appeler Victor. C'est plus simple de nous appeler par nos prénoms.

Je connais bien Charles Eisenstein. Je l'apprécie énormément. En revanche, je ne connaissais pas Petr Robejšek. Je vous remercie de me l'avoir fait découvrir. Sa pensée est vivifiante, et je suis bien d'accord avec les actions concrètes qu'il propose. Elles pourraient vraiment changer la donne rapidement si tout le monde y met du sien. Je ne trouve pas que vous soyez utopiste, au contraire. Je partage vos désirs de transformer nos vies, nos relations et notre culture, donc notre avenir.

Chaque mois, je reçois la lettre d'information de Bruce Lipton, un chercheur américain en biologie cellulaire et en épigénétique. Peut-être le connaissez-vous ? J'adore son approche pédagogique pleine d'humour et sa façon de faire passer des messages profonds humainement et rigoureux du point de vue scientifique. Ce mois-ci, il parle justement de quelque chose qui va vous intéresser : comment faire le meilleur choix pour nous ?

Les périodes de grands changements nous imposent de prendre de grandes décisions, au niveau tant personnel que collectif. Comment pouvons-nous faire ? Devons-nous changer de travail ou de façon de travailler ? Devons-nous quitter les mégapoles pour vivre dans des communautés à taille humaine ? Quels sont nos projets pour l'éducation des enfants et la formation des jeunes ? D'ailleurs, souhaitons-nous donner naissance à des enfants ?

J'avoue que moi, oui ! C'est mon désir le plus cher, et, comme vous, j'espère pouvoir connaître cette joie un jour prochain ; mais revenons à Bruce Lipton.

Lorsque nous souhaitons prendre une décision importante qui influence notre vie, nous pouvons commencer par évaluer les avantages et les inconvénients, à partir de nos expériences passées. Parfois, la conclusion est claire et simple, ce qui facilite notre choix, mais de nombreuses décisions ne sont pas aussi évidentes. Par exemple, imaginons que vous trouviez un nouveau travail en Suisse. Cet emploi vous offre une augmentation par rapport à votre salaire actuel, mais le coût de la vie dans votre nouvelle région est supérieur à celui que vous connaissiez avant. À ces premiers faits objectifs viennent s'ajouter des facteurs subjectifs. Vous n'aurez pas les mêmes responsabilités dans votre nouvel emploi, et votre mode de vie pourrait devenir très différent de celui que vous avez connu jusqu'à présent.

Les faits objectifs offrent des conclusions directes, grâce à des calculs faciles à établir. En revanche, les aspects subjectifs mobilisent vos aspirations et vos goûts, qui sont éminemment personnels et comptent encore plus dans la balance. Comment y voir clair ?

La bonne nouvelle est que notre corps peut nous aider dans nos choix grâce à nos intuitions et à nos sentiments. Depuis près de cent ans, la physique quantique, la plus validée de toutes les sciences, révèle que le cosmos est entièrement constitué d'énergie. Le corps traduit les champs d'énergie en sensations ou en sentiments. Il a cette capacité étonnante à lire les champs vibratoires et à transposer ces expériences en vibrations, que nous percevons comme bonnes ou mauvaises. Or la traduction des signatures vibratoires en sentiments vient du cœur, et non du cerveau. Le cerveau prend une décision en évaluant l'influence des comportements appris et expérimentés. En revanche, le cœur évalue une énorme quantité de valeurs énergétiques enchevêtrées et arrive à une conclusion exprimée sous la forme d'une bonne ou d'une mauvaise vibration. L'intuition, venant du cœur, est plus complète et plus précise pour contribuer à une décision finale que l'évaluation rationnelle limitée de l'esprit.

Vous voyez où je veux en venir ? Si votre cœur et votre esprit s'accordent de façon pacifique et expriment de « bonnes vibrations », vous pouvez mettre en œuvre votre choix. Au contraire, si votre cœur ressent un affaiblissement de l'énergie dans votre corps, allant vers des vibrations désagréables, avec un sentiment de malaise ou de tension, cela signifie que votre champ énergétique ne soutient pas pleinement la décision de votre mental et que vous n'avez pas encore fait le bon choix pour vous. Vous vous rendez compte ?

Si nous apprenons à faire confiance à nos intuitions, nous pouvons prendre nos décisions en écoutant simplement nos sensations. N'est-ce pas merveilleux ?

Plus largement, nous savons que les espèces qui survivent sont celles qui évoluent en harmonie avec la nature. C'est pour cela que nous avons besoin de développer une écologie globale, qui s'appuie sur des actes concrets. Votre projet va dans ce sens, et je m'en réjouis !

Je vous prie d'excuser mon long développement. Je suis tellement convaincu que nous avons tout à gagner à davantage écouter notre cœur et nos intuitions, en l'apprenant à nos enfants dès le plus jeune âge, que j'essaie de propager cette nouvelle attitude autant que possible, pour qu'elle essaime partout autour de nous.

Je vous remercie aussi pour le récit de la fin de vie de votre grand-mère, une femme simple, pleine de sagesse. Votre histoire me touche profondément. Je sais bien que vous n'êtes pas fou. Je n'en ai jamais douté et j'espère que vous non plus.

Jade vous contactera bientôt pour vous donner des nouvelles de votre rupture conventionnelle. J'ai cru comprendre que tout se passe bien de ce côté-là. Les avocats ne céderont sur rien de fondamental et surtout pas sur votre protection. Ils ne révéleront pas votre lieu de résidence et exigent un engagement de votre ancien employeur pour vous éviter toute forme de menaces ou de poursuites futures. Vous pouvez donc être tranquilles, tous les trois, et songer sereinement à votre avenir.

Je vous souhaite de belles journées et de bonnes découvertes, notamment en Suisse, quand vous pourrez vous y rendre. En attendant, profitez bien de la paix du Haut-Doubs. Je connais peu d'endroits aussi favorables à la contemplation, au ressourcement et à la reconstruction de soi. Alors, prenez bien soin de vous !

Nous essaierons de venir vous voir dès que nous en trouverons le temps. Cela nous fera grand plaisir.

Avec nos amitiés à vous trois et un grand salut fraternel à Stéphane,

Victor

*

« La crise actuelle précipite notre évolution. Nous allons devoir changer radicalement nos comportements pour éviter l'extinction imminente de

l'humanité que nous avons provoquée nous-mêmes. Nous avons dévasté notre propre environnement, en détruisant la toile de la vie, dont nous dépendons pour notre survie. Nous ne pouvons pas construire un avenir durable sans renverser les tendances destructrices de la civilisation actuelle. »

Bruce Lipton, 2021

En prenant le temps d'écouter précisément nos sensations corporelles, nous devenons davantage conscients des sentiments qui nous habitent et des intuitions qui nous traversent face à une question que nous nous posons.

Cette conscience nous aide à choisir ce qui est le plus ajusté pour nous, que ce soit pour donner une nouvelle orientation à notre vie ou pour prendre une décision qui touche à la vie quotidienne.

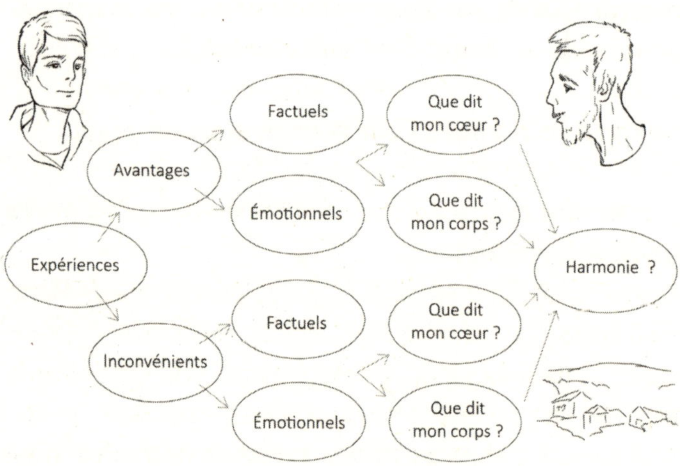

10

Boulogne-Billancourt,
quelques jours avant le solstice d'été

— Hum… ça sent trop bon ! s'exclame Maëva.

— Oh, moi aussi j'adore cette odeur ! C'est le parfum des tilleuls en fleur… Le parfum du bonheur. On en a de la chance d'habiter une rue bordée de tilleuls !

— Oui, c'est super, acquiesce la petite fille, en serrant la main de son père. Je t'aime, Papa.

— Moi aussi, je t'aime, ma perle.

Comme chaque samedi, Loïc et Maëva vont faire les courses au marché biologique de la route de la Reine, à quelques pas de chez eux. La fillette aime énormément ce moment privilégié avec son père. Ils chantent des comptines, se racontent des histoires fantastiques, rient, passent jouer un moment au square à l'angle de la rue de Sèvres, puis flânent entre les étals chargés, prenant le temps de choisir ce qui leur plaît…

De retour, ils rangent les légumes, les fruits, les amandes, les noix, le pain au petit épeautre, l'huile d'olive et les œufs dans le petit cellier, juste à côté de la cuisine. Puis Loïc s'installe un moment, tranquillement, dans un fauteuil au salon. Il lance l'album de la chanteuse danoise Freja Ericksen, ferme les yeux pour mieux s'imprégner des paroles et fredonne la mélodie en balançant légèrement la tête.

It's time to join forces and honor the bond
Unite in the spirit of the rising sun
Witness a miracle before our eyes
A love revolution arises[1].

— Je te dérange ? demande Diane, en arrivant discrètement.

— Non, répond Loïc, ouvrant les yeux et arrêtant la musique. Pas du tout. Viens, assieds-toi !

Diane s'assied sur le canapé aux couleurs ocre, face à lui.

— J'ai reçu une lettre de Stéphane.

— Ton cousin ?

Diane acquiesce.

— Il nous invite chez lui début juillet, pour une grande fête.

---

1. « Il est temps de joindre nos forces et d'honorer le lien / S'unir dans l'esprit du soleil levant / Assister à un miracle devant nos yeux / L'avènement d'une révolution d'amour » [T.d.A.].

— C'est sympa de sa part. À quelle occasion ?

— Il souhaite réunir des personnes capables de faire bouger les choses concrètement.

— Un peu comme Victor et Jade, avec leurs déjeuners ?

— Oui, mais là, il parle de réalisations pratiques, et c'est principalement une réunion familiale.

— C'est-à-dire ?

— On y sera tous, même Julien, le frère de Jade, et leurs parents.

— Julien va venir d'Israël exprès ? s'étonne Loïc.

— Non, pas exprès, il vient à Anvers chaque été.

— Et tes parents ?

— Justement, Stéphane souhaite les inviter, et Olivier aussi.

— Mon père ? Après tout, pourquoi pas… Il est assez branché sur tout ce qui peut contribuer à l'évolution du monde… Mais tes parents !

— Oh, n'exagérons pas, ils ne sont pas si ringards que ça… Peut-être même que ce sera l'occasion de les inciter à évoluer.

Loïc hoche légèrement la tête pour approuver. Attirée par leur discussion, Maëva sort de sa chambre, où elle jouait en chantonnant. Elle vient s'asseoir entre eux, sur le tapis, son doudou dans une main.

— De toute façon, on n'est pas sûrs qu'ils viennent, reconnaît Diane.

— Moi, je suis partant. Je serai vraiment content d'y participer. Ça nous fera du bien.

— Pourquoi tu dis ça ?

— Parce que ça fait un bon moment qu'on a oublié qu'on voulait changer le monde ou, au moins, changer de vie.

— Toi, peut-être, mais pas moi, lâche Diane, avec vivacité. Je n'ai pas oublié.

Devant le regard surpris de son compagnon, elle se ravise et lui sourit :

— Bon, on ne va pas se faire la guerre. Je t'expliquerai plus tard... Il est temps de préparer le déjeuner.

— Je m'y colle, lance joyeusement Loïc, en se levant d'un bond.

— Je viens avec toi, Papa, renchérit aussitôt Maëva. Je peux t'aider ?

— Bien sûr, ma jolie, avec plaisir !

— Chouette !

Il fait déjà chaud. Sur la terrasse, qui donne directement sur les tilleuls de la rue, les grandes jardinières débordent de fleurs : pivoines, roses, œillets, dipladénias et géraniums attirent les papillons. Les capucines à grosses feuilles n'ont pas encore commencé à fleurir. Le déjeuner se déroule à l'ombre d'un grand parasol, dans une franche bonne humeur, entretenue gaiement par les facéties de Maëva.

— Il est plutôt bon, leur breuvage, s'amuse Loïc, en buvant un succédané de café, dégoté le matin même au marché.

— Ouais.

— Tu n'aimes pas ?

— Si, si. Il est très bien.

— Alors, ton nouveau monde ? s'enquiert-il, curieux.

— J'ai beaucoup réfléchi ces derniers temps, pas seulement grâce à l'astrologie.

Loïc rit gentiment en lui adressant un clin d'œil. Diane s'explique.

— Je me rends compte que je me suis fourvoyée. Je ne pensais pas de la bonne façon ce qui m'arrivait.

— Ah oui ?

— La vraie question n'est pas d'être riche ou pauvre, poursuit-elle. Nous avons seulement besoin de trouver comment bien vivre, nous, en dehors des critères des autres ou de la société. En sortant de la course à la richesse, je peux vivre ce qui se présente, là, pour moi, maintenant, et pas dans quelques mois. Personne ne sait ce qui se passera dans un an ou deux. Déjà, ce simple changement de perspective transforme la donne, à mon avis.

— Comment ?

— Je m'étais enfermée dans une fausse idée de la réussite, liée à la célébrité et au résultat commercial : gagner beaucoup d'argent, posséder une belle maison… sur le modèle de mes parents. Et de leur génération. Maintenant, je vois plutôt ma réussite comme un accomplissement joyeux, un ensemble de réalisations personnelles et avec vous.

Légèrement émue, Diane reprend son souffle, regarde un instant Loïc dans les yeux, puis reprend :

— Je souhaite vraiment être moi-même. Le piège, c'est de vouloir que quelqu'un d'autre agisse à notre place, fasse les démarches pour nous, surtout les petits boulots sans intérêt, les tâches administratives, les sales besognes. Eh bien, je suis convaincue que je peux créer un film en sortant du système, comme le feraient des amateurs, pour le plaisir, avec les moyens du bord, une équipe toute simple, des revenus complètement incertains, beaucoup de spontanéité et d'enthousiasme, tout en m'appuyant sur mon expérience professionnelle.

— Là, je te suis complètement, enchaîne Loïc, encouragé par ce qu'il vient d'entendre. En réalité, cela fait longtemps que je voulais t'en parler… Moi aussi, je veux changer de façon de travailler. Le plus tôt sera le mieux. Je pense me mettre à mon compte.

— Tu lâcherais le cabinet en reprenant tes parts ?

— Oui. Je n'en peux plus de courir après le chiffre d'affaires au détriment de la relation avec les clients. Je veux développer une coopération plus humaine, un travail de qualité et des projets de développement durable.

— Tu en rêves depuis longtemps, c'est vrai.

— Oui, et je suis sûr que je peux le réaliser, insiste Loïc. Ça nous permettrait aussi de quitter la région parisienne, d'habiter plus près de la nature.

— Évidemment, ça me tente beaucoup, moi aussi ! s'exclame Diane, laissant exploser sa joie. En plus, Maëva serait ravie, surtout si nous avons un jardin. Ce serait tellement plus sympa que de vivre en appartement !

Une fois le repas terminé, Maëva rejoint sa chambre pour une petite sieste, Loïc débarrasse la table et s'en va à la cuisine. Le téléphone de Diane sonne.

— Papa ? Tout va bien ?

— Nous allons bien, ma grande, mais tante Yvonne est à l'hôpital.

— Non ! laisse échapper la jeune femme, devenant toute pâle.

— Elle a fait un AVC, hier soir.

— Oh, mince !

— L'hématome n'est pas encore stabilisé, mais elle semble hors de danger.

— Ouf !

— Comme tu dis. Son état est stationnaire. On ne sait pas combien de temps cela va durer. Elle est paralysée du côté droit, elle ne peut pas parler, et il lui est difficile de déglutir.

— La pauvre…

— Mais elle peut ouvrir les yeux, avec son beau regard, et bouger sa main gauche, que j'ai caressée et tenue dans la mienne.

— Vous avez pu la voir ?

— Oui. Elle a été transférée à l'hôpital Georges-Pompidou. C'est plus facile pour Gérard. Il pourra y aller chaque jour, les autres visites sont très régulées.

— Comment c'est arrivé ?

— Eh bien… ça a été très dur pour lui. Tu sais comme ils sont proches. Hier après-midi, ne voyant pas Yvonne rentrer par le bus, comme prévu, il a appelé la police, les pompiers, le Samu, et n'a eu des nouvelles qu'à 22 heures, par le médecin du Samu, qui lui a appris qu'Yvonne était aux urgences de La Pitié-Salpêtrière. Elle avait fait un AVC dans le bus.

Diane soupire profondément.

— En attendant, continue son père, Gérard nous téléphonait au fil de ces longues heures, parcourant la rive gauche à la recherche d'Yvonne. Il n'a pas voulu que nous venions le soir même, nous y sommes allés ce matin. Nous essayons de l'accompagner comme nous pouvons.

— Heureusement que vous êtes là.

— Demain, dimanche, nous irons déjeuner avec lui, après être allés voter. Gérard a proposé de faire le repas chez lui. Il dit que ça lui changera les idées. Il devrait avoir des nouvelles du médecin lundi.

— Mon Dieu, quelle triste histoire, se désole Diane. C'est bouleversant pour Yvonne comme pour Gérard ! Ça me les rend encore plus proches. Je les aime tant ! Quand vous les verrez, embrassez-les bien fort de ma part. J'essaierai d'aller rendre visite à Yvonne dans la semaine, puis d'embrasser tonton Gérard en rentrant.

— Entendu. Voilà la situation. Nous prenons aussi le temps de nous reposer, car nous ne sommes plus si jeunes !

— La vie passe, passe, et nous passons aussi, murmure Diane, dans un nouveau soupir.

— Oui, la vie passe…

— Surtout, prenez bien le temps de vous reposer, reprend-elle, en essayant de retrouver un ton de voix plus enjoué. Je vous embrasse de tout cœur.

— D'accord, ma chérie. Nous aussi, nous t'embrassons.

Reposant son portable, Diane sent son corps secoué par un long frisson, puis elle sanglote, perdue comme une enfant. Un immense chagrin l'envahit, suivi d'un flux de souvenirs lointains, semblant s'éloigner encore plus, comme s'ils commençaient à s'effacer, sans qu'elle puisse rien faire pour les retenir.

Lorsque Loïc revient vers elle, encore étourdie par la mauvaise nouvelle, à la fois révoltée, désolée et incrédule, elle se jette dans ses bras et reste un long moment contre lui. Reprenant ses esprits, elle s'assied pour lui raconter toute l'histoire.

— Avec cet accident, ajoute-t-elle, songeuse, je ne pense pas que mes parents se joindront à nous chez Stéphane. Ils vont rester auprès d'Yvonne et de Gérard. Je les comprends.

— Bien sûr, la rassure Loïc. On peut rester, nous aussi, si tu préfères.

— Non, je veux y aller, c'est important. Je veux participer à cette rencontre, insiste Diane, se ranimant. Après ce qui vient d'arriver, je suis encore plus déterminée. Le stress de Paris et des grandes villes m'épuise. Je ne veux pas faire un AVC ou un arrêt cardiaque dans un bus un jour de canicule et, surtout, je ne veux pas passer à côté de ma vie. Nos projets sont trop importants pour qu'on se permette d'attendre encore et encore avant de les réaliser. Nous méritons mieux que ça, mieux que de survivre, et notre fille encore plus.

Elle reste pensive un instant, puis conclut :

— En réalité, les vrais changements ne tomberont pas du ciel ; ils viendront d'en bas. Ils viennent de nous, dès maintenant, des actes de chacun dans la vie quotidienne. Nous ne pouvons pas attendre éternellement que le nouveau monde vienne des politiques, c'est à nous de prendre nos responsabilités et de lancer des initiatives.

*

Qu'est-ce que j'accomplis, dès maintenant, pour rendre le monde plus vivable et plus humain ?

Comment puis-je faire évoluer mes critères et préciser mes choix pour orienter ma vie vers ce qui est essentiel pour moi ?

Est-ce que je peux entraîner certains de mes proches dans ce mouvement ?

11

Morteau

Stéphane a peu dormi. Légèrement fébrile depuis son lever, malgré la fraîcheur du petit matin, il commence à préparer la rencontre qu'il a impulsée. Ivana et Pavel ont immédiatement accepté d'y participer lorsqu'il leur a confié son projet. Ensemble, ils vont faire d'abondantes courses alimentaires au marché place de l'Hôtel-de-Ville, installent deux grandes tables côte à côte sur la vaste terrasse devant la salle à manger, puis nettoient et aménagent les chambres.

Olivier arrive le premier. Il a choisi d'être sur place un jour plus tôt et de partir un jour plus tard, expliquant à son hôte qu'il ressent de plus en plus le besoin de prendre le temps de vivre. Il ne veut plus suivre un rythme trop rapide. Il souhaite s'acclimater aux lieux, découvrir la nature environnante, faire connaissance avec Stéphane, dont Diane et Loïc lui ont beaucoup parlé.

Lorsque Stéphane va le chercher à la gare, il reconnaît facilement l'homme sans âge, simple, discret, au regard doux décrit par sa cousine au téléphone.

— Bonjour. Vous êtes Olivier ?

— Oui. Bonjour Stéphane, enchanté.

— Enchanté.

— Merci de venir me chercher.

— Je vous en prie, ça me fait vraiment plaisir de vous recevoir.

— Moi aussi, je suis content d'être ici.

— Vous avez fait bon voyage ? demande Stéphane en rangeant le sac à dos dans le coffre de sa voiture.

— Oui, un voyage calme et agréable. La nature est tellement belle par ici.

— C'est la première fois que vous venez dans la région ?

— Non, j'y suis venu plusieurs fois quand j'étais enfant. Ma mère est suisse. Pendant les vacances chez mes grands-parents, on venait parfois se promener dans le coin. J'aime beaucoup le Jura.

À leur arrivée au gîte, Stéphane montre à Olivier sa chambre au dernier étage, donnant sur un jardin fleuri et les montagnes à l'horizon.

— C'est la chambre la plus calme que j'aie !

— Merci. Elle est très bien. Je suis un grand sauvage. J'aime la tranquillité plus que tout, s'excuse Olivier dans un sourire timide.

— Le repas sera prêt dans une heure, si cela vous dit de le partager avec nous.

— Oui, oui, avec plaisir. Je peux vous aider si vous avez besoin de renfort.

— Pas ce soir, j'ai déjà presque tout préparé, mais demain, oui, votre aide me sera bien utile.

— C'est entendu. Au fait, on peut se tutoyer, ce sera plus simple, non ?

— D'accord, ça marche. À tout à l'heure…

Sur la terrasse couverte d'un grand auvent en tuiles, le dîner se déroule dans un silence paisible, entrecoupé par les babillements d'Olga. Une fois la table desservie, Ivana et Pavel se retirent pour aller coucher leur fille. Stéphane et Olivier paressent délicieusement sur des chaises longues, profitant de la douceur du soir.

— Je trouve que c'est une très bonne chose de nous réunir, pas seulement pour parler du monde à venir, mais déjà le simple fait de se retrouver, de passer du temps ensemble. Comment t'est venue cette idée ?

— Très simplement. Je n'en peux plus d'entendre les gens se plaindre de la crise sans rien faire pour améliorer la situation, confie Stéphane. Chacun de nous doit s'engager… En plus, il n'y a pas très longtemps, j'ai vécu une histoire douloureuse, et j'ai compris que quelque chose doit d'abord changer dans nos relations.

Olivier acquiesce. Il demande à Stéphane s'il souhaite lui raconter cette expérience pénible.

— Je suis très rarement en vacances, commence Stéphane, en regardant le jardin devant lui. Pour l'instant, mes finances ne me permettent pas d'en prendre plus souvent. Heureusement, j'ai la chance d'habiter en pleine nature, donc ça ne me manque pas trop. Avant le début de la saison, j'ai accepté l'invitation d'amis qui habitent en Savoie. Je suis allé passer quelques jours chez eux. Naïvement, je m'attendais à me retrouver seul en leur compagnie, pour pouvoir bien me reposer, profiter de leur présence et échanger, mais d'autres de leurs amis étaient là aussi, et, chaque soir, des voisins ou des copains passaient prendre l'apéritif, puis restaient dîner. Je n'ai pas pu me reposer, et nous n'avons pas vraiment passé de temps ensemble. Pour moi, ce n'étaient pas des vacances. Je ne leur ai rien dit, pour ne pas paraître désagréable, et les ai remerciés, quoi qu'il en soit, pour leur accueil. Quelque temps après, lorsque nous nous sommes parlé au téléphone, ils m'ont demandé si j'étais content de mon séjour. Je les ai remerciés de nouveau, mais je leur ai aussi fait part de la difficulté que j'avais eue à me reposer vraiment, en expliquant bien que j'aurais eu besoin de passer plus de temps avec eux.

— Comme je te comprends.

— Eh bien, malheureusement, ils l'ont très mal pris. Ils m'ont reproché d'être ingrat, de manquer d'empathie et de délicatesse, de ne pas les comprendre. Lorsque j'ai essayé d'expliquer mon point de vue, ils ont été encore plus critiques à mon égard. J'avoue que ça m'a beaucoup perturbé. Je n'ai pas compris leur réaction. J'ai été sincère, tout simplement, et ils ont mal reçu ma sincérité. Je trouve que c'est dommage. Après cette conversation, j'ai été très déprimé, pendant plusieurs semaines. J'ai eu l'impression d'un immense gâchis. Cela m'a plongé dans une profonde tristesse. Alors, il m'est apparu que la première chose à changer pour créer un nouveau monde, le préalable indispensable, c'est d'améliorer la qualité de nos relations, la possibilité de communiquer clairement, en prenant le temps de découvrir et de respecter nos différences.

— Je suis d'accord avec toi, prononce Olivier à mi-voix. C'est un terrible gâchis, et ce gâchis est tellement répandu que, parfois, ça me donne le vertige. Moi aussi, j'ai connu ce genre de déception avec des amis.

— Ah oui ?

— Oui, plus d'une fois.

Le regard profond que Stéphane pose sur Olivier l'incite à aller plus loin dans sa confidence.

— Même avec des collègues psys, dont j'aurais pu attendre davantage de compréhension et qui - au contraire - se sont montrés violents ou sans pitié, le plus souvent sans ouverture d'esprit et sans le moindre tact.

— Les cordonniers sont les plus mal chaussés, c'est bien connu.

— Et tellement vrai…

— Alors ?

— Oh, je n'aime pas remuer le passé quand il est douloureux, mais puisque tu m'y encourages, concède Olivier, en remuant légèrement dans sa chaise longue. Moi aussi, il n'y a pas si longtemps, j'ai connu une déconvenue particulièrement remuante. Je t'ai déjà dit que je suis très sauvage. Je le suis devenu... Sans entrer dans les détails, un de mes meilleurs amis a rencontré une femme formidable, pleine de qualités, très dynamique et pétulante. Les premières fois que je l'ai rencontrée, elle a cru bien faire en essayant de me convaincre que nous étions, elle et moi, les meilleurs amis. Mais, à force d'insistance, je me suis senti de plus en plus mal à l'aise. J'avais l'impression de ne pas avoir mon mot à dire, de ne pas pouvoir respecter mes sentiments, mon rythme, mon désir à moi. Un jour, j'ai compris que j'avais besoin de m'en ouvrir à elle. Je ne pouvais pas continuer à faire semblant. Je me suis confié sincèrement, en l'informant que je n'étais pas sûr, moi, d'être son ami, en proposant de prendre notre temps pour mieux faire connaissance, car au fond je ne savais pas encore vraiment qui elle était. Curieusement, c'est mon ami qui a mal réagi, de façon volcanique. Il s'est mis dans une colère noire, m'accusant de blesser sa compagne, me reprochant d'être violent, insensible et méchant. Ce sont ses mots. Je n'ai même pas pu m'expliquer sur la justesse de mes intentions.

— Il n'y a rien de plus douloureux que d'être accusé à tort, affirme Stéphane, avec une gravité nourrie par l'expérience.

Olivier approuve d'un petit mouvement de la tête. Il respire profondément avant de poursuivre son récit.

— Je ne leur en veux pas. Je ne lui en veux pas. Je l'ai même remercié sincèrement d'avoir été aussi franc avec moi. Néanmoins, après cet incident, j'ai passé une semaine épouvantable. J'étais abasourdi, incapable de penser à autre chose qu'à ses accusations, en véritable état de choc, sans réussir à trouver le sommeil. Bien sûr, je me suis interrogé honnêtement et sans détour sur ma part de violence. Puis j'ai pris du recul, je me suis occupé de moi en allant voir les thérapeutes qui m'accompagnent, qui m'ont aidé à me recentrer sur l'essentiel, sur mes perceptions et sur mon désir. Peu à peu, j'ai retrouvé la paix, le sommeil, un meilleur contact avec la réalité, mais j'en garde le cœur brisé. Ce malentendu ainsi que d'autres du même genre m'ont fait perdre confiance dans l'amitié et même dans la capacité des êtres humains à se parler de façon plus intelligente, plus douce, plus indulgente. J'étais tellement ouvert et sociable, avant, tellement confiant. Je suis devenu de plus en plus sauvage avec les années, avec les épreuves et ce type de fausses accusations.

— Je ne suis donc pas le seul à être découragé, renchérit Stéphane. Je ne suis pas le seul à ressentir ce ras-le-bol des relations bancales, et à être révolté par ce manque de compréhension de l'autre.

— Non, tu n'es pas le seul, nous ne sommes pas les seuls, confirme Olivier. Tu as bien raison de vouloir, avant tout, créer des relations plus vraies. Cela me semble fondamental. Je suis plus vieux que toi, je n'ai plus l'énergie de la jeunesse pour me sentir capable de changer la donne, mais je veux bien participer au mouvement en œuvrant avec toi, avec vous.

— Merci, Olivier, glisse Stéphane, touché. En t'écoutant, je me rends compte que ça ne va pas être facile.

— Non, pas facile du tout, mais je crois que ça vaut le coup d'essayer. Le pire serait de baisser les bras. Le pessimisme n'est qu'une forme insidieuse de confirmation du système.

— Comme ceux qui se plaignent sans rien faire ?

— Exactement.

— Alors, comment s'y prendre ? interroge Stéphane, sincèrement curieux.

— Chaque jour, j'essaie d'être présent à moi-même et à ce que je fais au quotidien. J'essaie d'être vrai, avec moi et avec les autres, d'affirmer de vrais oui et de vrais non. C'est déjà une façon de participer au changement profond du monde. J'essaie aussi de ne plus dire du mal des autres.

— Rien que ça, c'est une révolution pour la plupart d'entre nous !

— Une révolution accessible, qui commence tout simplement par l'accueil de nos émotions, par l'accueil de chaque émotion, de la façon dont elle se présente naturellement. Sans pousser, sans forcer, en allant à son propre rythme, puis en partageant son expérience, en étant authentique.

— Oh, oui.

— Je suis convaincu que nous sommes des pionniers. Commençons à mettre en pratique une nouvelle façon de vivre, plus humaine, plus juste, plus sensible. En procédant ainsi, nous créons un cycle énergétique vertueux qui transcende notre compréhension conceptuelle des choses. Ce nouveau type de connexion transformera nos relations avec les autres. Progressivement, nous serons de plus en plus nombreux à vivre avec notre cœur, à donner de l'amour. J'y crois vraiment. Je veux montrer que c'est possible. Et fais-moi penser à te raconter aussi comment j'ai réussi à me sortir de l'histoire difficile que je t'ai racontée, en tirant deux fils emmêlés…

— En tirant deux fils ? D'accord, on prendra le temps d'en discuter.

— Avec joie !

Les deux hommes se taisent, bercés par la légère brise du soir qui tombe, leurs pensées nimbées par la pénombre grandissante du crépuscule.

*

« L'émotion est la source principale
de toute prise de conscience. »
Carl Gustav Jung

« Les émotions sont les vraies richesses de la vie. »
Christian Bobin

« Les choses les plus importantes de notre vie
ne sont pas extraordinaires ou grandioses,
ce sont les moments où nous nous sentons
touchés l'un par l'autre. »
Jack Kornfield

Se confier à quelqu'un aide à avancer dans sa réflexion et à recevoir des confidences en retour. On se rend compte qu'on n'est pas le seul à vivre des malentendus, des épreuves ou des échecs relationnels.

En étant authentique, on prend parfois le risque de ne pas être compris, de ne pas être aimé, mais cela permet surtout de développer des relations plus vraies.

S'écouter est le premier service que l'on peut se rendre et que l'on rend à notre entourage, en clarifiant nos besoins, en posant nos limites, en précisant nos valeurs et nos aspirations.

12

— Enfin l'été ! s'extasie Jade en s'étirant langoureusement. On va pouvoir savourer les premières chaleurs…

— Oui, ça fait un bien fou, confirment Lina et Maurice en la serrant dans leurs bras.

— Vous avez fait bon voyage ?

— Très bon, répond son père. Julien a conduit le plus clair du temps. Je l'ai relayé par moments pour qu'il se repose.

— Comment vas-tu ? s'enquiert sa mère.

— Très bien, les rassure Jade en riant. Avec un médecin à la maison, je suis chouchoutée tous les jours.

Puis, voyant son frère arriver, elle lance joyeusement :

— Oh, Julien, viens que je t'embrasse ! Ça fait si longtemps que je ne t'ai pas vu !

— Un an, répond l'intéressé, en lui faisant faire un tour dans les airs.

— Aaah… s'écrie Jade, en virevoltant autour de lui. C'est beaucoup trop long ; tu nous manques ! Quand est-ce que tu reviens t'installer en Belgique ?

— Je ne sais pas. Un jour peut-être…

— Le plus tôt sera le mieux !

Le soleil darde ses rayons sur la campagne alanguie. De temps à autre, un vent léger traverse la longue terrasse de part en part. La nature bâille, s'étale, déploie ses merveilles dans une incroyable liesse de fleurs et de papillons de toutes les couleurs. Chacun prend place à la grande tablée, pour un brunch préparé et disposé sur la table par Ivana, Pavel et Olivier, levés de bonne heure. Le plus gros de la troupe est arrivé la veille, plus ou moins tard, accueilli gentiment par Stéphane, qui a réservé le gîte en entier, afin de préserver la tranquillité de ses invités.

En écoutant les conversations, il souhaite que chaque jour se déroule ainsi, dans la douce simplicité d'une vie qui coule d'évidence, sans heurt, sans pression, sans malentendu. Tout le monde paraît tellement joyeux qu'il en a presque envie de pleurer. Lorsque le repas touche à sa fin, il se lève et dévoile l'organisation de la journée : d'abord des réunions en petits groupes pour envisager les actions possibles dans le domaine de l'écologie, de la biodiversité, de l'économie solidaire et de l'éducation bienveillante, puis une pause pour se détendre, enfin une mise en commun, l'après-midi, avec une répartition des initiatives concrètes à mener pour mettre en pratique les idées retenues.

— Avant de nous disperser, je voudrais vous faire une confidence, pour donner le ton de cette rencontre. Vous qui me connaissez, vous savez que j'ai énormément changé ces dernières années.

— C'est vrai, reconnaît Diane, touchée par ce que raconte son cousin.

— Ma vie s'est transformée depuis que j'ai compris que je peux me libérer définitivement de l'état de victime dans lequel je me plaçais le plus souvent face aux événements.

— Tu peux nous expliquer ça ? demande Victor, assis à côté de sa sœur.

— Lorsqu'une situation me touche ou me contrarie, reprend Stéphane, j'avais... j'ai encore tendance à me déresponsabiliser, à me positionner en victime. Je peux choisir de me situer de façon plus juste, en reconnaissant ce qui vient de moi ou comment répondre à ce qui m'arrive, et prendre des décisions pour devenir créateur de mon existence. Sans chercher à tout maîtriser, je peux marcher dans une direction que je choisis parce qu'elle me convient.

— C'est un peu le discours à la mode en ce moment, le provoque Julien, mais je reconnais que ça fait réfléchir.

— Et ça vaut le coup d'essayer, complète Loïc, intéressé lui aussi.

— Tout à fait, approuve Stéphane. Depuis que j'ai compris que je contribue à créer mon existence, ma vision du monde a évolué et ma vie a changé. Je ne suis plus ce qui m'arrive, je m'emploie à réaliser mes rêves : ce gîte, ma guérison inattendue, notre rencontre d'aujourd'hui le prouvent amplement ! Je choisis consciemment ce que je veux vivre, ce que je fais de mon temps libre, les personnes avec lesquelles je souhaite passer du temps. Mon niveau d'énergie a changé aussi, et j'attire à moi des personnes différentes, bientôt peut-être le grand amour.

— On te le souhaite, lui glisse Jade avec un clin d'œil.

— Tout cela arrive de façon simple et fluide, parce que je m'écoute. La vie est un grand terrain d'expérience dans lequel je suis le réalisateur et l'acteur du film de mon existence.

— Eh bien, tu es devenu un grand sage ! s'amuse Victor.

— Oui, il n'y a pas qu'à Paris et à Bruxelles qu'on réfléchit, réplique Stéphane en riant. Bref, je voudrais simplement vous assurer que nous pouvons faire bouger les lignes : pour nous, d'abord, pour nos proches aussi, et certainement de façon bien plus large. Alors, bonnes discussions !

Le temps radieux aidant, les petits groupes sont répartis sur la terrasse et dans le jardin, autour de la maison. Inaugurant la discussion de l'équipe à laquelle il appartient, Victor explique le succès rencontré par leur initiative de réunir autour d'un repas, une fois par mois, des personnes qui souhaitent changer la donne économique et sociale, insistant sur les démarches concrètes qu'ils mettent en place dans le quartier où ils habitent. Jade, qui a choisi le groupe où se trouve Julien, pour profiter autant que possible de la présence de son frère, regarde un peu plus loin, à l'ombre d'un grand tilleul, Maëva jouer avec Olga, qui évolue joyeusement à quatre pattes sur l'herbe fraîchement coupée. Attendrie, elle imagine son bonheur de mère et rêve de douceur avec son bébé. De son côté, Loïc écoute un peu distraitement les propositions de Lina sur l'art qui libère, en réfléchissant aux confidences que vient de leur faire Stéphane, alors que, dans le dernier regroupement, Diane expose ses idées sur la création artistique indépendante des grandes maisons de production ainsi que sur l'éducation au respect de la nature avec une vivacité toute nouvelle, qui la surprend elle-même.

Lors de la pause de la mi-journée, Maurice emmène Pavel à l'écart pour lui conter la progression volontairement lente des négociations avec les représentants de son ancien employeur, afin d'obtenir peu à peu leur accord sur la majorité de leurs requêtes.

— Nous ne demandons pas de prime de départ, nous insistons sur votre sécurité et celle de votre famille, explique-t-il posément. C'est ce point qu'ils prétendent inutile et ne veulent pas approuver, car ils nient les menaces qu'ils ont fait peser sur vous, mais nous ne céderons rien. Notre organisation vous soutiendra pour créer votre entreprise, dès que vous vous sentirez prêt. C'est probablement cet aspect qui les désarçonne le plus, car l'ancien monde ne tourne qu'autour de l'argent, tout le reste semblant curieusement sans intérêt.

Pavel le remercie avec chaleur, gêné par ce soutien inattendu.

— L'avenir du monde réside dans la solidarité, poursuit Maurice. Aujourd'hui, nous vous aidons ; demain, c'est vous qui aiderez un autre individu ou une autre famille, et ainsi de suite. Cela sera beaucoup plus efficace que d'attendre d'éventuelles aides de l'État, avec toute la paperasserie administrative décourageante qui en découle, les preuves à fournir et les contrôles. D'ailleurs, puisque maintenant vous me connaissez sous ma véritable identité, et que je peux constater votre probité, je vous engage à rejoindre notre organisation, si vous le souhaitez. Prenez le temps d'y réfléchir, vous me direz, quand vous voudrez.

Après une légère collation, accompagnée de boissons fraîches et chaudes, une brève sieste sous les arbres, puis des salves de rires provoquées par les plaisanteries clownesques de Julien, Stéphane propose de commencer la rencontre de l'après-midi, les réunissant tous. L'objectif est de partager les idées récoltées le matin, de les organiser, puis de voter pour retenir celles qui semblent valables et réalisables pour la majorité. Dans une atmosphère enjouée, les grandes lignes d'une nouvelle façon de vivre ensemble émergent, dont l'évidence et la pertinence contribuent à l'euphorie générale.

Favoriser les décisions décentralisées, réduire au maximum les hiérarchies, établir une véritable parité entre les genres, consommer moins et mieux, se fournir en priorité auprès de producteurs et de commerces locaux, se libérer du poids du luxe et du *star-system*, prendre ses distances avec les fantasmes publicitaires, ne pas devenir dépendants des écrans, mais valoriser plutôt le troc, l'échange de services, l'entraide matérielle et morale, le partage des richesses, pour créer une prospérité harmonieuse, généreuse envers tous, respectueuse de la nature, en utilisant les énergies renouvelables et en favorisant une alimentation saine, etc.

Le vote devient rapidement inutile, tant tous s'accordent sur les changements à accomplir. Reste alors la question principale : comment convertir dès que possible ces aspirations légitimes en initiatives réelles ? Stéphane propose de prendre le temps d'y réfléchir, afin que chaque personne s'engage à mettre en œuvre au moins trois actions dans les mois qui viennent, ce qui permettra de faire le point de nouveau ensemble dans un an. Cette motion est adoptée unanimement, alors qu'une rumeur parcourt la grande tablée pour parvenir à répartir les tâches à accomplir.

Le soir venu, Loïc et Olivier insistent pour que Stéphane se repose. Abondant dans leur sens, Maurice se joint à eux pour préparer le repas. Quant à

Victor, il se dirige vers Jade et Julien, allongés sur la pelouse.

— Alors, frérot, quand est-ce que tu laisses le Moyen-Orient pour revenir t'installer en Europe ? plaisante Jade.

— Plus tôt que tu ne le crois, répond Julien dans un grand sourire.

— C'est vrai ?

— Oui. En tout cas, c'est mon souhait, mais je ne peux pas encore te donner de date précise. J'ai pas mal de trucs à régler avant.

— Des trucs sentimentaux ?

— Entre autres, mais pas seulement.

— Tu viendras seul ou accompagné ?

— Probablement seul. Je ne sais pas, on verra bien, même si j'ai envie de croire au miracle.

— Et pour le travail ?

— Papa a une idée en tête. Moi aussi, j'ai quelques plans possibles. Là encore, on verra.

— Heureusement que Papa est là ! le taquine sa sœur.

— Oui, heureusement. On a de la chance !

— *Tu* as de la chance…

À la fin du dîner, alors que l'air chaud de la journée commence à s'adoucir avec le lent déclin du jour, Ivana et Pavel présentent leur nouveau projet de vie. Ils souhaitent s'installer en Suisse, non loin de là, pour créer un petit laboratoire de compléments alimentaires naturels. Autour d'eux, de nombreux encouragements fusent, alors que Loïc laisse jaillir un cri du cœur longtemps réfréné :

— Moi aussi, j'habiterais bien par ici, au grand air, dans les montagnes, et je pourrais vous aider à construire votre centre ! Je vois déjà un beau bâtiment arrondi, se fondant dans la nature, complètement écologique, avec de grandes baies pour profiter de la lumière et de la chaleur, des haies fleuries pour attirer les oiseaux et les papillons.

Pour la première fois depuis bien longtemps, il pressent, dans le regard étoilé que Diane pose sur lui, combien ce désir va les rapprocher, enfin, dans un même élan de vie.

*

« Depuis 3,8 milliards d'années, le vivant a développé mille et une manières de s'associer, de coopérer, d'être ensemble. Nous sommes une inextricable pelote d'interdépendance… Les individus qui s'entraident sont ceux qui survivent le mieux. »

Pablo Servigne et Gauthier Chapelle,
L'Entraide[1], 2017

Grâce à son omniprésence dans la nature, l'entraide ne nécessite aucune intervention d'une autorité pour se déployer. Elle est à notre portée,

1. Pablo Servigne et Gauthier Chapelle, *L'Entraide. L'autre loi de la jungle*, Paris, Les Liens qui libèrent, 2017.

à tout moment. Devenir créateur de son existence apporte un regain d'énergie et la fierté d'exister selon ses vœux.

Pour accomplir son rêve, il est nécessaire de se reconnecter à soi-même, à l'être que l'on est vraiment au fond. Cela aide aussi à retisser les liens négligés ou perdus, avec la nature, nos amis, certains proches, ou à créer de nouvelles relations avec des personnes qui nous comprennent et nous soutiennent.

13

Le jour suivant, tout le monde savoure un repos bienvenu. La longue journée d'été invite au farniente. Chacun profite des hamacs dans le jardin, flâne sur les sentiers alentour en bavardant à bâtons rompus, mange sur le pouce, raconte de lointains voyages ou des souvenirs d'enfance, et des éclats de rire fusent dans l'air pur de la montagne.

Le surlendemain arrive bien trop vite. Qu'a donc le temps à s'accélérer ainsi, à notre insu, et à nous pousser à aller de l'avant, alors que tout nous invite à profiter de la vie qui passe ? Dès le matin, les départs s'échelonnent, avec une pointe de tristesse, dans cette irrésistible lenteur qui signe la peine à se quitter, accompagnée de nombreuses promesses de se revoir bientôt et de coopérer ; les uns et les autres étant conscients que, dans la réalité, ce ne sera pas si facile, une fois retournés au tempo frénétique des obligations sociales et des contraintes du quotidien.

De quoi demain sera-t-il fait ? Personne ne le sait… Pour autant, Diane et Loïc se sont engagés envers Ivana et Pavel à maintenir le contact avec eux, souhaitant réfléchir concrètement à la réalisation de leur nouveau projet de vie.

Fidèle à lui-même et à son besoin de lenteur, Olivier demande à Stéphane s'il peut rester quelques jours de plus, ce que son hôte accepte avec une joie non dissimulée. L'après-midi, à l'heure de la sieste, ils discutent tranquillement depuis un moment, lorsque Stéphane fait allusion à leur conversation d'il y a quelques jours.

— Alors, ces deux fils dont tu m'as parlé ?

— Ah oui, c'est vrai, tu as une bonne mémoire, reconnaît Olivier, prenant le temps de retrouver ses idées. Après cette fameuse dispute… enfin, après ce que cet ami m'a jeté à la figure avec virulence, je pouvais mettre en place une stratégie radicale.

— Laquelle ?

— Oublier complètement ce qu'il m'avait dit, en prétendant que ça ne me concernait pas et qu'au fond, il parlait de lui. C'est la défense la plus fréquente, la plus facile, mais elle ne m'aurait pas permis de comprendre ni de grandir.

— Probablement.

— Je ne l'ai donc pas choisie. La première option qui s'offrait alors à moi est ce fil que j'ai accepté de tirer pour le démêler et essayer de le suivre jusqu'au bout. J'ai accueilli les affirmations de mon ami pour chercher en moi en quoi consistait cette violence souterraine qui surgissait sans prévenir. Je m'y suis tenu pendant plusieurs longues semaines particulièrement âpres, en essayant d'être le plus honnête possible. Je suis descendu profondément en moi. Je suis allé retrouver des peurs très anciennes, des douleurs d'abandon, des révoltes face aux abus, des hontes tenaces, des désespoirs de tout-petit. Cela a exigé beaucoup de courage et de constance. J'ai pu notamment retrouver la violence quasi quotidienne de mes parents à mon égard lorsque j'étais enfant et adolescent. Cependant, cette longue et patiente exploration ne m'apportait aucune paix, aucune résolution. Heureusement, j'en parlais longuement en séance, avec ma thérapeute.

— Tu es en thérapie ?

— Oui, depuis longtemps, depuis très longtemps.

— Et ça t'aide ?

— Oui, ça m'aide à y voir plus clair, à prendre du recul, à me recentrer sur ce que je ressens ou ce que je veux vraiment ; et au fil du temps, je me sens plus serein, plus ouvert aussi, plus libre.

— Dans cette histoire avec tes amis, qu'est-ce que tu as compris ? interroge Stéphane.

— Je me suis aperçu qu'une forme indéniable de dureté et de violence venait de cet homme qui se disait mon ami ; de lui qui, pourtant, m'en accusait. Au lieu de m'informer de ce qu'il ressentait ou de ce dont il avait besoin, il me jugeait, il m'avait même accusé implacablement. Il me critiquait en me reprochant d'être celui que je suis et de faire ce que je fais. Il remettait complètement en cause mes ressentis, ma vision de la situation et mes souhaits. Il disait « tu » au lieu de dire « je ».

— Ah, voilà ! Maintenant, je comprends mieux, moi aussi ! s'exclame Stéphane. Cela éclaire pas mal de mésaventures que j'ai vécues dans mes relations.

— Cette façon de me condamner m'enfermait dans une impasse, dans une forme de communication violente en elle-même. C'est alors que le deuxième fil a émergé. J'ai pressenti qu'il y avait une autre possibilité : celle de me recentrer sur ce que je ressens, moi ; de ne plus me focaliser sur ses jugements, sur ce que cet homme prétendait que j'étais, mais sur l'impact que ses paroles ont eu sur moi. Et ça a changé complètement la donne.

— Ouf, murmure Stéphane dans un souffle, particulièrement touché par le récit d'Olivier.

— Dans ma réalité profonde, je me sentais incompris, rejeté, traité injustement, pour ne pas dire maltraité.

— Bien sûr ! s'indigne Stéphane, avec compassion.

— J'ai commencé à mieux respirer. En m'écoutant et en me respectant, j'ai retrouvé le sommeil, l'appétit, la paix dans le cœur. J'ai senti que j'allais pouvoir enfin sortir de cette impasse, reprendre le cours de mon existence, être dans mon mouvement propre. J'avais été happé dans un tourbillon qui n'était pas le mien, et je me retrouvais enfin dans mon intégrité.

Après un long silence, Olivier ajoute, plus bas :

— Ces deux options sont les deux fils que j'ai déroulés, pour en démêler les nœuds. Un seul de ces fils n'aurait pas suffi à me guérir de cette blessure.

— Surtout le premier : tu aurais fini par te prendre pour un monstre !

— Évidemment ! C'est d'ailleurs ce que j'ai fait pendant un temps trop long. Je voulais sincèrement tenir compte de la parole de celui que je croyais être mon ami, aussi durs soient ses propos, mais j'ai eu surtout besoin de revenir réellement à moi. Je ne pouvais pas indéfiniment vivre à côté de mes pompes, hors de ma vraie réalité.

— Je ne sais pas quelle conclusion en tirer, commente Stéphane, mais ça me donne matière à réfléchir.

— Pour l'instant, ma conclusion est que les relations humaines sont beaucoup plus complexes qu'il n'y paraît, que rien n'est tranché et, surtout, qu'on n'est jamais obligé de croire les autres, lance Olivier en riant comme un enfant.

Stéphane approuve en se laissant gagner par son rire.

— Mais c'est encore une conclusion trop générale, modère Olivier. Plus précisément, j'ai compris que je ne veux plus, que je ne peux plus accepter tout, seulement pour faire plaisir à mes proches ou à mes amis. J'ai besoin de prendre le temps, beaucoup de temps, pour sentir si je suis vraiment en accord ou pas avec ce qu'ils me proposent. Depuis cet épisode douloureux, je suis devenu encore plus sauvage, encore plus farouche. Parfois même, je peux sembler impoli, mais c'est la seule façon que j'ai trouvée de tenir compte de ce que je peux accepter, de ce que je veux vraiment vivre ou ne pas vivre.

Stéphane reste songeur un moment, puis il ajoute :

— Pour être franc, je vais aussi te donner ma conclusion personnelle. J'ai remarqué que, dans toute relation, celle ou celui qui voit plus clair souffre plus que les autres. J'ai vécu ça avec mon ex-femme, avec la plupart de mes amis et, même, avec mes parents. Cela demande beaucoup de courage, le courage d'être lucide et de tenir bon dans sa lucidité. On doit supporter l'étrangeté ou la douleur de nos perceptions justes sur la réalité. Et on peut faire alors l'expérience d'une très grande solitude.

— Oui, puis d'une grande force intérieure.

— C'est vrai, mais on ne s'en rend compte qu'après, bien après la tempête, lorsque le calme et la confiance sont revenus.

— D'ailleurs, complète Olivier, lorsqu'on est au cœur de la tornade, nos émotions sont tellement intenses qu'elles nous envahissent et nous dépassent. La seule chose qu'on puisse faire est de les sentir, de les accueillir, puis de les laisser partir.

— C'est plus facile à dire qu'à faire, soupire Stéphane à travers un léger sourire.

— Oui, surtout si certaines de ces émotions sont anciennes, ou ne sont pas les nôtres.

— C'est-à-dire ?

— En plus de nos sentiments, nous absorbons souvent ceux de nos parents ou de nos proches, et ça complique tout.

— Comment faire la différence ?

— En essayant de repérer ce qui émane de soi, en prenant le temps de mieux se connaître, en descendant en soi, au fond de soi.

— C'est une expérience à vivre, à chaque fois au cas par cas.

— Oh, oui. Pour l'aider dans ce tri, un de mes amis, qui habite à New York, a pris de l'ayahuasca.

— De la quoi ?

— Ayahuasca, une plante amazonienne utilisée depuis des millénaires par les chamanes amérindiens. Cette plante est censée t'aider à te libérer de ce qui t'empoisonne ou t'intoxique, et particulièrement des émotions des autres, par exemple celles que tu as reçues de tes parents.

Un merle facétieux vient sautiller dans l'herbe auprès d'eux, lançant des trilles allègres, puis il s'envole pour se poser sur le rebord d'un toit voisin, en continuant ses vocalises avec une virtuosité taquine.

— Alors ?

— Il a participé à une bonne dizaine de cérémonies avec des chamanes amazoniens, reprend Olivier. Il a vomi, tremblé, crié, pleuré et, peu à peu, il s'est libéré, d'après ce qu'il raconte. C'est vrai qu'il a beaucoup changé. Avant, il était tout le temps triste, incapable de s'amuser ou de se détendre. Cette tristesse venait de son père et de sa grand-mère paternelle, qui avaient vécu une longue série de deuils… Depuis, il est devenu beaucoup plus léger, plus joyeux.

— Tu as essayé, toi ?

— Non. Je préfère les méthodes plus douces, même si elles prennent plus de temps.

— Je vois… Je crois que je vais commencer par une thérapie, marmonne Stéphane en hésitant, plus gêné qu'enthousiaste, et encore, je ne suis pas sûr de trouver quelqu'un de bien par ici.

— À Pontarlier, peut-être ? avance Olivier. Sinon, je connais un homme formidable dans le Jura suisse.

— Près d'ici ?

— Oui, tout près de la frontière. Un hypnothérapeute très humain et plein d'humour. Je pourrai te donner ses coordonnées, si tu veux.

— Je ne sais pas si j'aurai la force d'y aller.

— Prends ton temps. Rien de bon ne se fait dans la hâte.

Une brève ombre embrume le regard d'Olivier. Il se demande pourquoi les hommes ont tant de mal à s'engager dans une thérapie.

« Le monde nouveau sera aussi celui qui laissera libres les hommes d'accéder à leur vie intérieure, donc à leur vulnérabilité », pense-t-il.

Songeur, il prend discrètement congé de Stéphane, sentant que leur conversation a été très dense et qu'il est temps que chacun retourne à soi-même, à ses activités, son repos, son silence.

*

« L'arbre du silence porte les fruits de la paix. »
Proverbe arabe

« La bouche garde le silence,
pour écouter parler le cœur. »
Alfred de Musset,
La Nuit de mai, 1835

« Vous ne pourriez plus violemment troubler votre évolution qu'en dirigeant votre regard au-dehors, en attendant du dehors des réponses que seul votre sentiment le plus intime, à l'heure la plus silencieuse, saura peut-être vous donner. »
Rainer-Maria Rilke,
Lettres à un jeune poète, 1929

Il est parfois nécessaire de descendre en soi-même afin de retrouver des blessures anciennes, des angoisses d'abandon, des révoltes face aux injustices, des hontes persistantes, des désespoirs d'enfant. On peut en parler lors de séances de thérapie ou avec une personne de grande confiance. Il est possible aussi de les écrire dans un journal intime.

Lors de situations difficiles, il est bienvenu d'écouter les impressions et les sentiments qui nous habitent, en prenant soin de faire le tri avec les émotions qui viennent des autres. Nous nous recentrons sur ce que nous ressentons. Nous pouvons alors prendre de la distance avec les critiques ou les jugements qui nous sont adressés, laissant à leurs auteurs la responsabilité de leurs opinions, voire de leurs projections.

14

Le vent souffle fort dans la vallée, entraînant de gros nuages gris. Avec eux éclatent quelques ondées orageuses, qui désaltèrent les jardins et les champs, asséchés par plusieurs jours de forte chaleur.

Avec le départ d'Olivier, tous les invités du rassemblement créatif ont retrouvé leur quotidien, laissant Stéphane fatigué, étrangement las, dans une sorte de vide et de sourde absence. Tout en rangeant la vaisselle de la veille, il perçoit encore l'écho des paroles des uns ou des autres, et c'est précisément ce sentiment à la fois étrange, un peu lourd et presque désagréable qui le pousse instinctivement à réagir. Non, il ne veut pas revenir à sa vie d'avant, même s'il y ajoute de nouvelles activités ou de nouveaux engagements. Il sent qu'il a besoin de se renouveler plus en profondeur. Sans changer de profession ou de lieu d'habitation, il souhaite évoluer dans ce qu'il propose, pour s'épanouir grâce à des accomplissements au plus près de son désir profond, en cultivant une meilleure connexion avec ceux qui croisent sa route.

Il remonte un moment dans sa chambre, écoute un album de James Blunt, dont les chansons reflètent son humeur vaguement mélancolique. Après avoir tourné en rond dans la pièce, il s'assied devant son ordinateur pour écrire un message de remerciement à ceux qui sont venus jusqu'ici. Il souhaite sentir encore un peu la saveur de leur présence, la chaleur de leurs liens, la douceur de cette petite communauté de personnes de bonne volonté, si vite éparpillées aux quatre vents. Envahi par un sentiment de perte, il saisit en lui un profond et douloureux manque de tendresse, qui lui comprime la poitrine.

— Quand nous reverrons-nous ? chuchote-t-il pour lui-même, luttant contre une forme de nostalgie insistante, comme dans une prière secrète adressée à la vie.

En quittant sa chambre et en descendant le grand escalier de bois, qui grince par endroits, Stéphane comprend qu'il ne veut plus offrir les services d'une auberge ordinaire, recevant des touristes anonymes qui passent, consomment leurs vacances et s'en vont sans créer de vrais liens avec leur environnement ou avec les autres, dans l'indifférence générale et une sorte d'individualisme égocentrique où chacun s'ignore, focalisé sur ses seuls intérêts, avec une avidité à profiter au maximum sans se préoccuper des conséquences de ses actes. Au contraire, il souhaite dès aujourd'hui inventer une autre façon d'exercer son métier, en transformant son gîte en centre de ressourcement. Il s'en ouvre spontanément à Ivana, lors du petit déjeuner, alors que Pavel est déjà parti courir son jogging matinal.

— J'aime bien cette idée de combiner les vacances avec des aspirations plus élevées, reconnaît Ivana tout en câlinant Olga, qui babille gaiement. Je trouve ça chouette de venir se reposer, changer d'air, tout en se régénérant aussi d'une façon plus subtile. Concrètement, tu proposerais quoi ?

— Par exemple, des activités de jardinage, pour cultiver des légumes, des fleurs, des fruits, des herbes aromatiques... Je voudrais fabriquer quelques huiles essentielles. Je rêve de créer un conservatoire de graines pour préserver toutes les variétés de fleurs et de légumes de la région, continue Stéphane, revigoré par leur conversation. Certains après-midi, je serais heureux d'emmener en randonnée ceux qui le veulent, pour découvrir les montagnes, les lacs, les forêts, la faune et la flore des environs. Et le soir, des activités artistiques : chants, danses, contes.

— Quel beau programme ! Moi, je suis déjà partante pour le jardinage. On peut commencer dès aujourd'hui, si tu veux ; et je suis sûre que Pavel sera motivé par la fabrication d'huiles essentielles. Il pourra même te donner de très bons conseils.

— Merci, c'est sympa. Je me doute que ça lui plairait beaucoup, mais vous allez partir bientôt, non ?

— Si ça ne tenait qu'à moi, on resterait par ici, mais Pavel rêve de s'installer en Suisse.

— Pourquoi la Suisse ? Il y tient tant que ça ?

— Je ne sais pas, murmure Ivana, songeuse. Je crois que c'est une sorte de rêve. Il imagine la Suisse comme un cocon dans lequel nous serions protégés, un écrin pour notre bonheur. Je respecte son rêve, je n'ai pas envie de le contrarier. De toute façon, nous n'irons pas très loin.

— Et vous partirez quand ? interroge Stéphane, une ombre dans les yeux.

— Dès que ce sera possible… Je veux dire, possible financièrement.

— Bon, en tout cas, pour l'instant, vous êtes ici. On peut commencer à imaginer ce jardin, non ?

— Très bonne idée !

— Je vais noter toutes les activités que je pourrais proposer, et ce soir, je commencerai à modifier la présentation du gîte sur le site Internet.

Stéphane se lève pour aller chercher du papier et des crayons, pendant qu'Ivana va poser Olga sur son tapis de jeux, à quelques pas d'elle.

— Tu sais, précise-t-elle en revenant, Pavel est un homme tourmenté malgré lui. Ses parents étaient des intellectuels tchèques très engagés, mais aussi tellement pessimistes. Ils voyaient toujours le mauvais côté des choses et prévoyaient le pire ; peut-être parce que, quand ils étaient étudiants, ils ont beaucoup souffert de l'occupation soviétique en Tchécoslovaquie. Les Russes ont été très durs avec les esprits libres. Pavel fait de son mieux pour se libérer du poids de cette fâcheuse habitude, mais il retombe dans sa morosité chaque fois qu'il est déçu ou contrarié. Cela le rend inquiet, difficile à satisfaire. Il trouve le monde hostile, si ce n'est complètement pourri. Heureusement que le sport lui fait du bien !

— Il s'angoisse facilement ? demande Stéphane, essayant de comprendre.

— Oui, on peut dire ça, si tu veux, lui répond Ivana, à moitié convaincue. C'est difficile à expliquer. Son projet de créer une petite entreprise de compléments alimentaires le motive énormément. Je sens que ça lui fait du bien. Ce serait formidable que Diane et Loïc puissent y participer.

— C'est sûr... Mes parents aussi étaient un peu comme ceux de Pavel, rebondit Stéphane. Ils étaient tout le temps très critiques, très durs. Personne ne trouvait grâce à leurs yeux.

— Qu'est-ce que ça veut dire ?

— Que personne n'était assez bien pour eux, selon leurs critères. Alors, moi aussi, j'ai du mal à croire en moi et à apprécier la vie comme elle est, comme elle vient. Je crains souvent de mal faire, de me tromper, de ne pas être à la hauteur. Bref, je n'ai pas confiance en moi. Je me souviens qu'un jour, en Haute-Savoie, pendant des vacances chez une amie, le guide qui nous accompagnait pour la randonnée nous avait expliqué que la peur n'est pas génétique. Nos peurs sont acquises en fonction de nos mauvaises rencontres : des menaces, des attaques que nous avons vécues, des reproches de nos parents, des peurs de nos proches. Dans mon cas, la plupart de mes peurs viennent de mon éducation et, comme

Pavel, j'ai du mal à m'en défaire. Elles me freinent encore beaucoup trop. Je ne veux plus être guidé par elles.

Ivana reste silencieuse un moment, en regardant sa fille jouer, puis elle confie :

— Ma famille est slovaque, une famille toute simple de bons vivants. J'ai eu la chance de recevoir continuellement beaucoup d'amour, de la part de mes parents autant que de mes grands-parents. Ils croyaient et croient encore vraiment en moi. Ils ne me jugent pas. Ils m'encouragent régulièrement. J'essaie d'apporter cet amour à Olga. C'est l'amour qui donne confiance, qui aide à grandir, qui permet de se sentir bien. L'amour guérit.

— Je te crois. Je sais que tu as raison, même si je n'ai pas connu cet amour-là, mais j'y aspire. Ce serait tellement plus simple si chacun de nous agissait tout le temps avec amour ou par amour.

— Évidemment !

— Cela ressemble à un cliché, mais c'est pourtant bien vrai. Tu as vu le film *Love is all you need* ?

— Non. Tu l'as ici ?

— Oui. On pourrait le regarder ensemble ce soir, si vous voulez. Et j'ai aussi un très beau film sur des chamanes des cinq continents, qui nous invitent tous à être des gardiens de la Terre.

— C'est bon de se le rappeler, conclut Ivana en voyant Pavel revenir de sa course. Ce sont les idéalistes qui ont raison. Durant chaque période de transition, ce sont eux qui permettent à l'humanité d'avancer, de s'améliorer. Comme toi, Pavel et moi sommes des idéalistes, nous voulons réellement rendre ce monde meilleur, nous y croyons et nous ne sommes pas les seuls !

Stéphane sourit en la regardant s'éloigner. Il écrit en vrac toutes les idées qui lui viennent pour préciser son offre de ressourcement. Il repense à ce qu'Olivier lui a expliqué sur la communication non violente et souhaite la mettre en pratique dans sa vie, mais aussi dans son travail, en l'enseignant aux personnes qui viendront passer leurs vacances au gîte. Puis, levant la tête et posant son regard sur les montagnes, au loin, il songe à sa solitude, qui lui pèse. Cela fait bientôt cinq ans qu'il est tout seul, sans véritable relation amoureuse. Son ex-compagne était comme ses parents, sans cesse insatisfaite et particulièrement critique. Stéphane souhaite rencontrer une femme qui partagerait ses valeurs, ses projets, son goût pour la nature, son amour de la vie. Son inscription récente sur un site de rencontres et les quelques personnes qu'il a vues jusqu'à présent ne l'ont pas convaincu, mais il se dit qu'il finira bien par rencontrer quelqu'un qui lui corresponde.

Sa longue conversation avec Olivier continue de le faire réfléchir. Il se demande s'il n'aurait pas intérêt à entamer une thérapie. Il a tellement l'habitude de s'en sortir seul, sans faire appel à personne, sans jamais demander d'aide à quiconque, qu'il repousse encore une fois cette idée, sans y prêter plus d'attention.

— Au boulot, annonce-t-il à voix haute, en se relevant. Il est temps de préparer les chambres pour les nouveaux arrivants, puis de me mettre en cuisine…

*

« Qui pourrait se passer entièrement de l'aide et du secours d'autrui ? Nous en avons besoin dans l'enfance, nous en avons besoin dans la maladie, nous en avons besoin en tout et toujours. »

Félicité Robert de Lamennais,
Le Livre du peuple, 1838.

En prenant conscience de nos croyances ou de celles inculquées par nos familles, nous percevons que la peur n'est pas génétique ou inévitable, mais induite par notre histoire, si ce n'est par notre culture.

Nous pouvons nous libérer de certaines influences qui nous ont façonnés, pour nous ouvrir à la possibilité de vivre nos relations sous le signe de l'amour, de la coopération, de l'entraide et de la joie partagée.

15

Paris

En ce matin pluvieux, Diane est allée rendre visite à Yvonne. Comme chaque année au début du mois d'août, Paris est vide et agréablement calme. Sa grand-tante a été transférée dans un centre de convalescence dédié aux soins intensifs après un accident vasculaire. Chaque jour, Yvonne bénéficie d'une séance le matin avec une kiné, puis d'une autre l'après-midi avec un orthophoniste. Elle profite aussi d'un soin du visage par une esthéticienne, qui vient la voir une fois par semaine, et Gérard a demandé qu'un massage de réflexologie plantaire lui soit prodigué également chaque semaine, sachant combien Yvonne apprécie ce genre de prestation, qu'elle s'offrait régulièrement avant son accident, pour se détendre, réharmoniser son corps et mieux dormir.

Pendant tout le temps de sa visite, Yvonne regarde Diane de ses grands yeux bleu océan, souriant d'un seul côté. Par moments, elle hoche faiblement la tête pour confirmer qu'elle comprend bien ce qu'on lui dit. Diane se montre très affectueuse avec ce personnage haut en couleur de son enfance. Gérard parle longuement de leur jeunesse, de la librairie de son père, qu'ils avaient reprise et développée ensemble, Yvonne et lui, avec ce succès d'apparence magique qui découle naturellement de l'engagement et de la passion, autant que du dévouement envers la clientèle. Cette histoire, Diane la connaît bien, mais elle la fait toujours rêver, et elle l'écoute chaque fois avec le même plaisir, ce plaisir que l'on a à revoir, encore et encore, un vieux film que l'on aime, replongeant une nouvelle fois dans la suavité des merveilleux souvenirs de l'enfance.

Sur le chemin du retour, suivant un élan amical, Diane passe saluer Marie-Laure, chez elle, rue de la Convention. Dans la fraîcheur incongrue d'un vent marin soufflant en rafales, une bonne odeur de brioche chaude flatte ses narines. Entre deux gros nuages qui passent dans le ciel chargé, des rayons de soleil éclairent les devantures des magasins : boulanger, primeur, buraliste, antiquaire, fleuriste, jusqu'à un immeuble récent, dont la peinture blanc cassé, légèrement veinée, imite le marbre. Une brève averse a laissé le sol détrempé et luisant. Diane compose le code, entre dans le vestibule, appuie sur l'interphone de son amie. Bientôt, la seconde porte d'entrée s'ouvre, et Diane prend l'ascenseur jusqu'au sixième et dernier étage. Elle se sent bien dans ce confort bourgeois auquel elles sont habituées, l'une et l'autre ; cette aisance feutrée dans laquelle elles ont vécu depuis toujours et qui leur semble aller de soi. Marie-Laure accueille son amie d'enfance avec un grand sourire et l'embrasse chaleureusement, visiblement enchantée de la voir.

— Quelle bonne surprise ! s'extasie-t-elle.

— Je passais près de chez toi, après avoir vu tante Yvonne. Je n'ai pas résisté au plaisir de venir t'embrasser, lui explique Diane d'une voix chantante. Je ne te dérange pas ?

— Pas le moins du monde. Comment vas-tu ?

Diane raconte sa visite à Yvonne, puis leur séjour dans le Jura, le week-end précédent, les longues discussions fructueuses et les résolutions prometteuses qu'ils ont prises. Marie-Laure l'écoute, admirative.

— Dommage que nous n'ayons pas pu venir, reconnaît-elle, mais avec notre départ pour La Réunion, tout se précipite, en ce moment.

— Alors, ça y est, c'est sûr ?

— Oui, Édouard a enfin reçu la confirmation de sa mutation. Après deux ans d'efforts soutenus, il est aux anges. Tu imagines ? Son rêve se réalise enfin, exulte Marie-Laure. Il a beau être aussi parisien que nous, il ne supporte plus de vivre ici. Il trouve que Paris est devenue triste, polluée, bruyante et sale, sans compter ce stress qui augmente d'année en année. Il est tellement soulagé depuis qu'il a appris la bonne nouvelle. Il se déride, il recommence à plaisanter. Je le trouve rajeuni. Je le retrouve, tout simplement.

— Et toi, tu vas faire quoi ?

— Je suis journaliste, je reste journaliste ! De toute façon, je travaille de plus en plus de chez moi, alors ça ne changera rien, à part la distance… Je vais pouvoir adopter un nouveau point de vue, découvrir d'autres façons de penser et de vivre. J'espère aussi pouvoir ralentir.

— C'est chouette ! Je suis contente pour vous, même si tu vas me manquer.

— Oh, vous viendrez nous voir, la rassure Marie-Laure aussitôt, et nous reviendrons au moins une fois par an.

Diane reste pensive, regardant par la grande baie vitrée la tour Eiffel qui se dresse dans le ciel. Un peu plus loin, elle devine Montmartre et le Sacré-Cœur. Elle s'assied dans un fauteuil, bientôt imitée par son amie.

— Au fait, ta rencontre avec l'astrologue, c'était comment ? s'enquiert Diane, curieuse.

— Bien, très bien. J'ai eu les confirmations que j'attendais, pas seulement pour moi, pour nous, mais aussi pour des évolutions plus profondes.

— Ah oui ?

— En ce moment, les astres forment un carré entre Uranus en Taureau et Saturne en Verseau.

Devant la légère moue de Diane, Marie-Laure explique tranquillement :

— Un carré exprime deux énergies antagonistes, qui se contrarient et luttent l'une contre l'autre. Comme tu le sais, Saturne correspond à l'ordre, à la rigueur, à la tradition, alors qu'Uranus apporte le désordre, le renouveau, l'innovation, la révolution. Cette lutte d'influence va durer encore plusieurs années. Le monde devient agité, il connaît une sorte de chaos créateur. Cela signifie que nous sommes en train de vivre socialement et individuellement un combat entre le nouveau et l'ancien, entre la reproduction à l'identique et la création de nouvelles façons de vivre. Cette confrontation perturbante met en évidence une nécessité de changement complexe, nuancé, intelligent : que devons-nous garder ou quitter pour pouvoir vivre autrement ?

— Par exemple ?

— Eh bien, le télétravail va-t-il se développer au détriment du travail au bureau ? Va-t-on assister à une démarche de prévention grâce au développement naturel de l'immunité ? Surtout, on a bien compris que le règne de la consommation provoque de graves dégâts : les dérèglements climatiques, une pauvreté de plus en plus accentuée, l'endettement généralisé, l'augmentation des prix de l'énergie, etc. On sent gronder une sourde révolte contre le système financier. Est-ce que nous allons voir la mise en place d'un salaire universel, d'une semaine de quatre jours, de la pratique généralisée du troc ou des monnaies locales ? Déjà, de nouveaux moyens de paiement sont en train d'émerger, ainsi que plus de responsabilité envers la nature… Tout cela fait partie de cette lutte d'influence entre Uranus et Saturne. Pour l'instant, nous assistons à des batailles, des camps qui se dressent les uns contre les autres, mais l'évolution est inévitable, car Uranus provoque des changements brusques, des soulèvements même, des grèves, et parfois des comportements déréglés ou extrêmes. Nous avons donc besoin de trouver un nouvel équilibre. Cela prendra du temps, puisqu'il est difficile de faire les bons choix. Nous devons développer un meilleur discernement. Cette période est éprouvante, évidemment, mais cela la rend particulièrement intense et créative.

— C'est le moment d'imaginer ce que nous voulons vraiment, en déduit Diane. À nous d'inventer le monde d'après et de trouver comment vivre mieux, ce que nous pouvons améliorer dès maintenant, en prenant le temps d'essayer des idées, patiemment, sans les imposer.

— Parfaitement ! Pas de dogme, pas de théorie ou d'idéologie. Les temps sont au pragmatisme, en évitant les excès qui sont encouragés par la configuration des astres. Le risque est que les personnes extrémistes y trouvent des raisons d'agir de façon violente ou radicale.

— Finalement, on en revient à la mesure, au bon sens, en avançant petit à petit.

— Oui, tout à fait. De toute façon, Uranus provoque des mutations quoi qu'il arrive, même de façon brutale, donc le monde est en train de bouger. Il change et changera, qu'on le veuille ou non.

— Ce n'est pas la peine d'en rajouter, glisse Diane, songeuse.

— En plus, ces énergies de transformation sont renforcées depuis hier par la nouvelle lune.

— Qu'est-ce que ça implique, concrètement ?

— Que chacun de nous va aussi devoir développer de nouvelles compétences, personnelles, professionnelles, y compris des compétences techniques.

— Ça tombe bien, je me dis que j'ai tout intérêt à apprendre comment développer mon propre site Internet. Je vais m'inscrire à une formation en ligne.

— Pour faire connaître tes documentaires ?

— Oui, si je continue à en réaliser.

— Toi, l'artiste dans l'âme ? Tu n'en es pas sûre ?

— Tout dépend de ce que nous allons faire, Loïc et moi.

— C'est le grand chambardement pour vous aussi ?

— Probablement, mais on ne connaît pas encore précisément notre projet. Loïc ne s'entend plus avec ses associés. Il veut devenir indépendant.

— Ce dont je t'ai parlé est encore plus vrai pour les personnes du signe du Verseau comme Loïc, ajoute Marie-Laure.

— Comment ça ?

— Pluton, la planète des grandes mutations, des transformations en profondeur, dans la lenteur, cette planète de la régénération, de la mort et du destin, va bientôt entrer dans le signe du Verseau, provoquant inévitablement un puissant bouleversement intérieur. Les porteurs de ce signe se préparent à un nouveau départ pour des projets à long terme. Avec sa sortie du Capricorne, c'est la fin d'un grand cycle et le début d'un nouveau, pour douze ans. Tu te rends compte ? Prépare-toi ! Ce ne sera plus du tout la même vie qu'avant. Et Jupiter les soutient déjà dans leurs réalisations, apportant optimisme, opportunités et idées novatrices. Tu vois, c'est le moment des décisions à long terme.

Diane se sent un peu sonnée par toutes ces informations et autant de perspectives de perturbations. Spontanée, elle se lève pour signifier délicatement son départ.

— Il vaut mieux ne pas se louper ! remarque-t-elle en soupirant.

— Confiance, ma belle. Il suffit d'être à l'écoute de ses intuitions, car les astrologues aussi peuvent se tromper, rebondit Marie-Laure en se levant à sa suite.

— Évidemment, je ne vois pas comment ils pourraient faire exception.

— La preuve, ils avaient prévu un temps très chaud en août, et ils se sont lamentablement plantés.

— C'est le moins qu'on puisse dire !

Elles rient de bon cœur, puis s'embrassent et se serrent dans les bras.

En marchant jusqu'à la station de métro Lourmel pour rentrer à Boulogne, Diane repense au rêve étrange qui l'a préoccupée cette nuit. Elle se retrouvait à la fac. Sans savoir pour quelle raison, elle était obligée de suivre un cours de mathématiques, alors qu'elle déteste ça, dans une classe poussiéreuse et moisie. Elle ne comprenait rien à ce que racontait une sorte de vieux professeur Tournesol. Soudain, il imposait un devoir sur table. Diane ne trouvait pas de siège disponible pour s'installer, tournait, tournait dans la salle, tournait en rond sans parvenir à s'asseoir, inquiète de ne pas réussir à rendre son travail à temps…

En y réfléchissant après sa discussion avec Marie-Laure, elle comprend que vouloir faire comme avant – ou, pire, retourner en arrière – les mènerait tous dans une impasse. Qu'on le veuille ou non, c'est en avant que la vie nous mène, avec toutes les métamorphoses que cela implique pour chacun de nous et les inconforts qui en découlent.

« Le changement n'est jamais douloureux, seule la résistance au changement est douloureuse. »
Bouddha

Comment puis-je accepter les changements qui s'imposent et participer de façon inventive aux transformations qui me semblent souhaitables ?

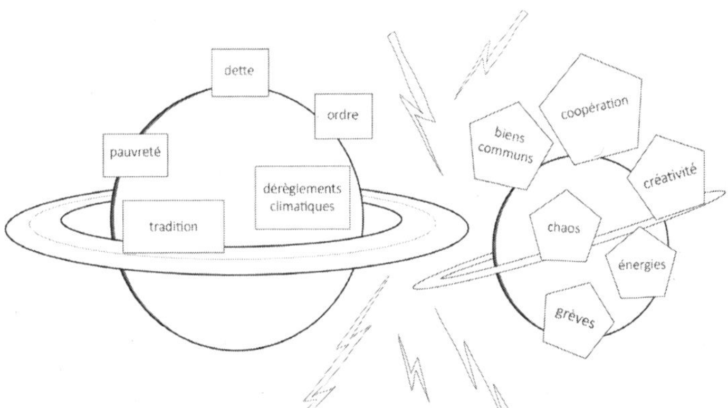

16

Anvers

Sentant l'appel des Flandres, Jade est venue passer quelques jours chez ses parents, dans la grande maison de son enfance, située aux abords d'une forêt dans les environs d'Anvers, afin de profiter encore un peu de la présence de son frère.

L'après-midi se déroule dans le calme enjoué qui caractérise l'ambiance de la demeure familiale. Lorsqu'ils se retrouvent, le flamand devient aussitôt la langue dans laquelle ils discutent naturellement. Lina peint dans son atelier en écoutant les chants de Deva Premal & Miten, qu'elle fredonne gaiement de temps à autre, alors que Maurice est allé se promener dans les bois. Marcher est sa façon de méditer. Il n'apprécie pas de rester assis, il a besoin de se mettre régulièrement en mouvement.

Dans la véranda, vaste et claire, qui prolonge le salon, la pluie tinte doucement contre les vitres. Jade et son frère sont confortablement installés autour d'un Shalva Tea, apporté par Julien. Il explique à sa sœur que cette spécialité est inspirée par les plantes sauvages de la vallée d'Elah, une région du centre d'Israël, nommée ainsi pour l'abondance des pistachiers qui y parsèment le paysage. Il s'agit d'un délicat mariage de réglisse, de sumac et de cynorrhodon, ainsi qu'une pointe de rose, qui donnent à cette infusion un soupçon d'acidité, tandis que la menthe et la sarriette blanche ajoutent une sensation délicieusement rafraîchissante.

— Tu y vois un peu plus clair dans tes projets ? interroge Jade en portant une jolie tasse de couleur ocre à ses lèvres.

— Oui, j'ai laissé décanter, sans réfléchir. Je commence à sentir plus nettement que je ne souhaite pas rester en Israël. Lorsque je m'y suis installé, il y a quelques années, j'avais l'impression que ce serait pour la vie, mais j'ai été déçu, révèle Julien honnêtement. Déjà par la vie nocturne à Tel Aviv, qui m'a apporté tant de désillusions, et un grand vide de sens, puis par mes engagements en faveur de la paix avec les Palestiniens. J'ai l'impression d'avoir lutté en vain contre un système invisible qui empêche la résolution des conflits et freine une évolution en profondeur. J'ai de la peine à me l'avouer, tant j'aime ce pays, mais je suis découragé.

— Tu disais pourtant que tu avais adoré ton expérience dans un kibboutz ?

— Oui, c'est vrai, j'ai adoré… à condition de ne pas avoir de vie sentimentale. Lorsque j'ai voulu que

Nassim vienne y vivre avec moi, on m'a gentiment fait comprendre que cela ne serait pas possible car il était palestinien. Et c'est comme ça partout, ou presque, malgré des apparences parfois plus libérales ou détendues.

— Tu es toujours avec Nassim ?

— Oui. Après cet épisode douloureux, il s'est éloigné quelque temps. Il était vraiment désespéré.

— Je comprends.

— Puis nous nous sommes retrouvés. Il est venu habiter avec moi à Tel Aviv.

— Pourquoi ne pas vous installer en Palestine ?

— Ce n'est malheureusement pas plus facile pour les couples homosexuels, surtout un juif avec un musulman !

— Tu comptes faire quoi ?

— Revenir en Belgique.

— Quelle bonne nouvelle ! explose Jade, ravie. Avec Nassim ?

— Je l'espère... Dès que je serai lancé dans un projet précis, il me rejoindra ici. Papa et Maman ont même proposé qu'il vienne dès maintenant. Ils le recevront avec plaisir.

— Alors, il n'y a aucune raison d'attendre, insiste sa sœur. D'autant qu'ils se connaissent, non ? Vous vous étiez croisés lors d'un de leurs voyages en Israël.

— C'est ce que je suis en train de me dire aussi, reconnaît Julien en sirotant son infusion.

— Eh bien, je suis rudement contente. On va se voir plus souvent, c'est chouette ! Et côté boulot ?

— J'ai très envie de créer une école de la bienveillance, ou plutôt une école de la bénévolence.

— Ouah !

— Un programme éducatif pour les enfants, qui ferait la synthèse des meilleurs apports, comme la communication non violente, l'écologie pratique, certaines pédagogies innovantes ayant fait leurs preuves, avec une approche qui tiendrait compte des dernières découvertes du Centre du développement de l'enfant à Boston, notamment sur les compétences relationnelles et sociales. Je suis très motivé. La meilleure façon de changer le monde est de mieux préparer les enfants, de leur offrir une éducation qui respecte leur sensibilité et favorise l'ouverture de leur cœur.

— Quel beau programme ! Et côté financier, Papa te suivrait ?

— En partie, oui, mais je suis à la recherche de plusieurs sources de financement. J'espère trouver des personnes avec qui m'associer. C'est important pour moi.

— Et Maman ?

— Elle aussi est très enthousiaste.

— On a des super parents !

— C'est clair, reconnaît Julien. Ils ne sont pas ordinaires. Tu n'es pas jalouse ?

— Oh si, comme d'habitude, répond sa sœur en riant. Tu es leur chouchou, ça ne change pas. Ils te passent tout, t'aident dans tous tes projets, et moi je suis la rebelle, je dois me débrouiller toute seule. Je m'y suis faite.

— Ta grossesse se passe bien ? s'enquiert Julien, changeant de conversation en toussant un peu nerveusement, bien conscient que sa sœur a raison.

— Oui, elle se passe très bien. La période des nausées est derrière moi. Maintenant, je me sens euphorique. Victor s'occupe très bien de moi. Pour une fois que je peux rivaliser avec ses patientes ! s'esclaffe Diane de sa voix mélodieuse. Et ton école, tu l'implanterais où ?

— Très probablement à La Haye, d'abord parce que j'adore les Pays-Bas, ensuite parce que c'est une ville internationale et très familiale, avec beaucoup de cadres européens ayant de jeunes enfants – et des moyens suffisants pour assumer les frais d'une scolarité privée.

— Tu ne fais plus dans le social, là !

— Si, si, j'y pense aussi. Je vais mettre au point un système d'aides pour les familles en difficulté.

— Ah, tant mieux, c'est important.

— Oui, c'est important d'en finir avec toutes les formes de hiérarchie et d'élitisme. Tu as mille fois raison, souligne Julien, même si ça ne va pas être si facile pour des gens comme nous de lâcher leurs privilèges.

— Non, j'ai du mal à l'imaginer, et pourtant je sens bien qu'il va falloir apprendre à partager beaucoup plus.

— Cela ne viendra pas des États, c'est donc à nous de le faire, d'une façon ou d'une autre.

— En donnant des vêtements, des objets ou des meubles, au lieu de vouloir les troquer ou les vendre, précise Jade. Victor et moi, on va mettre en place un système de ce genre. D'ailleurs, il croit aussi beaucoup aux propriétés partagées et aux communautés autogérées comme à Bruges ou à Gand. Dans ces communautés, le nombre de pièces alloué à chaque famille dépend du nombre d'enfants, alors que les loyers sont mutualisés : chacun paye en fonction de ses revenus et non de l'espace occupé. Si tu as ponctuellement besoin d'une pièce supplémentaire, pour un bureau, ou autre, tu peux l'obtenir en fonction des disponibilités, puisque chaque bâtiment commun prévoit aussi des zones de bureaux et des chambres d'amis que l'on peut réserver, en s'y prenant à l'avance. C'est assez révolutionnaire, tu ne trouves pas ?

— Clairement, confirme Julien. Je trouve l'idée excellente, et je vais la reprendre pour les frais de scolarité.

Lina pointe joyeusement son nez à l'entrée de la verrière.

— Je peux me joindre à vous, mes enfants ? demande-t-elle, arborant un large sourire.

— Bien sûr, Maman, réplique Julien en lui montrant un fauteuil vide à côté de lui. J'ai prévu deux autres tasses, pour Papa et pour toi.

— C'est ta tisane d'herbes sauvages ?

— Absolument ! Tu veux la goûter ? demande-t-il.

— Avec plaisir, acquiesce sa mère. Je viens de terminer une nouvelle toile. Je vous la montrerai tout à l'heure. Julien, je voudrais offrir à ton école une toile par salle de classe et plusieurs autres pour l'entrée et le réfectoire. Les enfants ont besoin de grandir avec l'art, et les couleurs font tellement de bien !

— Cool, j'adore cette idée. C'est très généreux de ta part !

— Oh, tu sais, ça fait longtemps maintenant que je n'expose presque plus, alors, autant que mes tableaux soient vus plutôt que de rester enfermés au fond du garage. Tiens, j'entends Maurice qui revient.

— Je vais le chercher, lance Jade en se levant d'un bond.

Une fois sa sœur sortie, Julien s'adresse à sa mère en baissant un peu la voix :

— Mom ?

— Oui, mon chéri.

— En parlant avec Jade, je me suis rendu compte que j'ai très envie que Nassim vienne bientôt. Il me manque trop.

— Bien entendu, je comprends. Tu sais qu'il peut venir quand il veut, quand tu veux.

— Génial, merci beaucoup, répond Julien en hésitant. Il... il est plutôt dans le rouge en ce moment, avec le mariage de sa sœur, et je ne suis pas sûr de pouvoir payer son billet moi non plus.

— Oh, pas de souci, qu'à cela ne tienne ! L'argent est fait pour circuler vers ceux qui en ont le plus besoin. Je m'occupe de son billet, le rassure sa mère. Dis-lui de me téléphoner dès que possible et j'arrange tout ça avec lui.

— Tu es top, Maman, merci ! s'exclame Julien, touché par la délicatesse de sa mère.

— Ah, je suis bien d'accord, confirme Maurice en arrivant avec Jade, votre mère est la plus merveilleuse des femmes.

— Oh, n'exagère pas, Maurice, tempère Lina en rosissant, ou je vais croire que tu ne le penses pas.

— Je n'exagère pas du tout. Et je suis bien d'accord avec toi, l'argent est là pour servir la vie et honorer l'amour.

Cette petite phrase semble rejoindre Jade dans ses réflexions et agir sur elle comme un déclic. Voilà la clé de compréhension de la vie qui lui manquait. Elle avait toujours voulu considérer l'argent comme une nécessité pour s'en sortir, voire comme un instrument de pouvoir contre lequel il fallait lutter, pas comme une énergie d'amour et de vie.

— Alors, cette bonne nouvelle ? interroge Maurice.

— Nous allons avoir le plaisir d'accueillir Nassim très bientôt, explique Lina, et je m'en réjouis. Un enfant de plus dans la maison agrandit la fête !

— Ah, vous vous êtes enfin décidés à ne pas laisser ce pauvre gars tout seul, là-bas, en pays hostile, plaisante Maurice.

— Assieds-toi, Papa, propose Jade, heureuse d'être avec les siens. Je vais te servir de ce merveilleux breuvage qui fleure bon Eretz Israël…

— Voilà que tu te moques, toi aussi.

— Moi, jamais, tu me connais, glisse-t-elle à son père dans un sourire enjôleur.

— Il ne manque que Victor, regrette Lina. Dis-lui de nous rejoindre dès vendredi soir. Je vous veux tous avec nous pour Shabbat.

— Bonne idée ! Je lui annoncerai les réjouissances ce soir, assure Jade.

— Tu crois que Nassim sera déjà là ? s'étonne Julien.

— Ne t'inquiète pas pour ça, je m'en occupe sans tarder, affirme Lina en se levant, et venez voir mon tableau, quand vous en aurez envie.

— Tout de suite, réplique Maurice en la suivant.

— Allez hop, et après, je vous prépare un bon dîner, annonce Julien, plein d'allégresse. Je me charge de tout, reposez-vous en attendant !

— Je vais plutôt mettre de la musique klezmer pour qu'on puisse danser. N'oublions pas de danser et de chanter tous les jours, rappelle Maurice, aussi radieux que Lina.

— Je viens voir ton tableau, Maman, déclare Jade, puis je dresserai la table. La vie est si belle avec vous !

*

Le mot « bienveillance » étant très utilisé, souvent de façon creuse, parfois comme une injonction, voire comme une forme de chantage affectif, il est préférable de parler de bénévolence, pour rappeler qu'il ne s'agit pas seulement d'une posture, mais de vouloir véritablement le meilleur pour l'autre.

La bénévolence désigne le fait de vouloir le bien d'autrui. C'est la disposition à être affable, aimable, bienfaisant.

Elle est synonyme de gentillesse et de bonté, avec un sens engagé et actif.

17

Boulogne-Billancourt, le 21 août

Bien cher Papa,

J'espère que tu vas pour le mieux et que tu es bien rentré de ton périple dans le Jura, puis en Alsace. Quand j'étais petit, tu m'emmenais à Colmar, pour le marché de Noël. J'adorais passer d'un chalet en bois à un autre en découvrant les produits proposés un peu partout et toutes ces lumières brillant comme autant d'étoiles ou de feux. Quelle joie ! Quel émerveillement ! Nous y allions aussi à la fin du printemps, quand il commence à faire un peu plus chaud. Nous nous promenions le long des canaux bordés de fleurs de toutes les couleurs. Je garde de si bons souvenirs de nos escapades. Merci de m'avoir offert ces voyages enthousiasmants et ces vacances enchantées. Nous n'allions pas forcément très loin, mais cela me ravissait. J'ai tellement aimé les vacances avec toi…

Diane et Victor viennent de perdre une des figures de leur enfance : Alain, peintre et sculpteur, grand ami de leurs parents. Tu te rappelles ? Il s'est envolé hier soir pour rejoindre sa femme, Brigitte, partie quelques années avant lui. Tu as probablement vu chez nous des sculptures en terre cuite au feu de bois, ainsi que des dessins à l'encre et un tableau aux teintes fauves. Ce sont des cadeaux qu'Alain faisait à Diane lorsqu'elle allait le voir et visitait son atelier. Diane est partagée entre la tristesse, la nostalgie et la douceur réconfortante qui émanait de cet homme inspiré, douceur qu'expriment encore ses enfants, tout aussi lumineux que Brigitte et lui. C'est vrai qu'il y a beaucoup d'annonces de maladies et de morts autour de nous depuis quelques mois. Tant d'épreuves à la fois… Cela nous incite à revenir à ce qui est essentiel, en nous délestant progressivement de tout ce qui nous encombre à notre insu. L'important, c'est d'aimer, n'est-ce pas ? Tu le dis souvent, toi aussi.

De mon côté, je progresse dans les négociations pour mon départ du cabinet d'architectes. Je me sens de plus en plus léger. Les réactions de mes associés sont très variées, entre ceux qui comprennent mes motivations et ceux qui m'en veulent, me reprochant de les abandonner. Cela m'a permis de comprendre deux choses fondamentales, grâce à mes séances avec Fabienne.

La première découverte est qu'un enfant peut être abandonné, ou se sentir réellement abandonné, car il dépend complètement de ses parents ou des adultes qui s'occupent de lui. Il a fondamentalement besoin d'eux pour sa survie, puis pour son développement et son apprentissage de la vie en société. En revanche, un adulte est quitté – déçu ou triste de l'être – lorsqu'une relation s'arrête ou qu'un projet tourne court, mais il n'est pas « abandonné ». Cela montre à quel point nous pouvons être entourés d'individus qui nous manipulent en nous accusant de les abandonner, lorsque nous prenons un autre chemin qu'eux, c'est-à-dire lorsque nous suivons notre propre chemin.

La seconde découverte va dans le même sens : si mes intentions sont honnêtes et respectueuses, si je suis vraiment sincère, je ne suis pas responsable des émotions des autres. En retour, cela signifie que je suis le seul à pouvoir répondre de mes émotions. J'ai donc besoin de prendre du temps pour les accueillir, les connaître et les laisser me traverser. De la même façon, nous sommes régulièrement manipulés par toutes sortes de personnes qui nous reprochent ce qu'elles ressentent, quand cela ne concerne qu'elles, et elles seules. Elles rechignent à écouter ce que leurs sentiments viennent leur révéler sur elles-mêmes.

Les Amérindiens appellent ça le « poison émotionnel ». On se débarrasse des émotions qui nous dérangent en les jetant sur quelqu'un d'autre, qui doit se débrouiller avec, se charger de les transformer, alors qu'elles ne le concernent pas ! C'est un comble, non ? Voilà, entre autres choses, pourquoi nos relations peuvent être si compliquées. En même temps, comprendre tout cela m'aide à mieux communiquer, surtout avec mes proches.

De fait, ma relation avec Diane s'apaise progressivement. Nous nous disputons beaucoup moins. C'est bien plus reposant, tu t'en doutes, et Maëva s'en trouve plus détendue. Je me sens de moins en moins jaloux de leur relation. Mon parcours avec Fabienne m'aide à m'accepter comme je suis, en accueillant ce qui me traverse. Par exemple, je croyais que je devais me débarrasser de mes peurs, que la jalousie était un problème qu'il fallait régler, que je devais me conformer à une sorte de norme idéale, trouver des solutions à mes problèmes, etc. En réalité, je me rends compte que je n'ai pas besoin d'être quelqu'un d'autre, que je peux me faire confiance. Je peux aussi plus facilement faire le lien entre ma peur d'être abandonné et l'abandon réel, tragique, et même catastrophique, que j'ai vécu lorsque Maman est partie définitivement, me laissant face au vide complètement absurde de son départ brutal et de son absence inexpliquée.

Maintenant, chaque fois que je ressens une peur, je me pose un instant, je souffle lentement et je la laisse passer, sans rien faire. Je l'accueille avec patience et douceur. Du coup, en acceptant de vivre chaque émotion qui se présente, je peux répondre à un besoin enfoui, dont j'ignorais l'existence. Cela change ma façon d'être avec moi-même : je suis plus centré sur mes sensations, sur ce que je vis réellement, là, dans mon corps. Je me fais moins d'idées sur les autres ou sur les situations. J'ai l'impression que je porte moins de jugements. C'est à la fois plus simple et tellement plus agréable à vivre !

Pour revenir au boulot, ça bouge pas mal depuis notre rencontre chez Stéphane. J'ai déjà deux superbes projets pour un avenir proche. En dehors du laboratoire qu'Ivana et Pavel vont créer en Suisse romande, Julien m'a gentiment téléphoné hier pour me proposer d'être l'architecte d'une école qu'il souhaite construire à La Haye. Une école de la bénévolence, ouverte à toutes les philosophies, sagesses, religions ou non-religions. Je suis vraiment très content. Ce genre de projets m'enthousiasme. Tous les deux correspondent à mes valeurs, à ce que je souhaite incarner et développer. J'ai hâte de m'y consacrer concrètement.

Au fait, depuis que Victor m'a parlé de Charles Eisenstein, je regarde pas mal de ses vidéos. J'aime beaucoup sa façon de penser, de parler, son authenticité. Je le trouve réellement honnête, c'est quelqu'un qui ne triche pas. Dans son dernier message (je me suis abonné à ses lettres), Charles Eisenstein nous invite à l'humilité et à la gratitude face à l'intelligence de la vie qui nous porte. Je suis d'accord avec lui quand il constate que les fantasmes de sécurité, de contrôle, de reconnaissance, d'argent ou de succès nous enferment dans une rationalité morte, en termes de coût et de bénéfice. Toutes ces stratégies nous rendent malheureux. Elles nous empêchent d'entendre les chuchotements de notre cœur.

Je te remercie pour ta lettre envoyée des Vosges. Elle me touche beaucoup, en partie parce qu'elle me rejoint dans mes tiraillements actuels. J'ai vécu et vis un été très perturbant, tour à tour douloureux, énigmatique, décourageant, désespérant parfois. Sans entrer dans les détails, j'ai connu récemment d'amères désillusions face à des personnes qui se déclarent « hypersensibles », alors qu'elles se montrent en réalité égoïstes, opportunistes, méprisantes, voire dominatrices et brutales, en fonction de leurs contrariétés ou de leurs ambitions. Elles sont souvent incapables de faire preuve de tact, d'empathie, d'accueil et d'écoute. Face à ces déceptions profondes, et aux chagrins qu'elles occasionnent, je suis dans un processus de plus grande transparence avec moi-même et avec les autres. Je vis une sorte de nettoyage énergétique. Je rends au cosmos ce qui ne vient pas de moi, pour qu'il le transforme par l'amour et la force de la vie.

Quoi qu'il en soit, j'ai beau faire de mon mieux pour trouver la bonne distance, je suis très chamboulé… Cela m'a incité à suivre une formation en anglais sur l'empathie, puis une sorte d'entraînement spirituel pour lâcher prise, me laisser transformer en profondeur et faire confiance à la vie. Ce rendez-vous quotidien me confirme que la grande sagesse n'est pas dans les solutions, les exercices ou la façade parfaite que l'on cherche à montrer de soi, mais dans la vérité de notre cœur profond, aussi spontané qu'incontrôlable, et parfois si vulnérable.

Je crois vraiment que le plus important est de créer ce qui nous tient à cœur, ce qui vibre le plus pour nous et nous libère, nous rend heureux ; de laisser l'enfant en nous s'amuser, rire, pleurer, jouer, chanter, danser, se promener… Je progresse sur ce chemin-là, et je suis touché par mes petits pas en avant. Voilà où j'en suis. Je désire vivre ainsi, dans la limpidité de l'instant qui passe et se fond dans l'instant d'après.

Merci pour ton amour. Merci pour ta tendresse, ta disponibilité et ton accueil, qui me font tant de bien. Merci beaucoup, mon Papou.

Ton fils qui t'aime très fort,

Loïc

*

« Qu'est-ce qui me tient à cœur ?
Qu'est-ce qui me donne des frissons ?
En écoutant ce dont je peux prendre soin,
je trouve une façon de participer
à la guérison du monde. »
Charles Eisenstein, 2021

De quoi puis-je prendre soin ? Quelle est ma façon de participer à la guérison du monde ? Quels sont mes fantasmes personnels de sécurité, de contrôle, de reconnaissance, de richesse ou de succès ? Pourquoi ces stratégies ne suffisent-elles pas à me rendre heureux ? Suis-je à l'écoute des chuchotements de mon cœur ? Et si je m'avançais sur le chemin de la spontanéité, de la vérité intérieure, en acceptant de montrer ma vulnérabilité ?

18

Morteau

— L'amour en action, murmure Ivana, comme pour elle-même, regardant le jardin devant la terrasse.

— Qu'est-ce que tu dis ? l'interroge Stéphane, alors qu'il débarrasse la table du petit déjeuner.

Au début, il lui était très difficile d'accueillir à demeure ce couple en fuite avec un bébé. Il avait du mal à croire à leur histoire invraisemblable. Il n'arrivait pas à concevoir qu'ils étaient vraiment en danger, ou, tout du moins, qu'ils avaient réellement besoin d'être recueillis et protégés. Il croyait peu ou prou Victor sur parole, parce que c'est son cousin et qu'il lui fait confiance, mais il avait l'impression qu'on lui forçait la main, et, au fond de lui, il boudait. Il était mécontent. Il ne se sentait pas respecté. Il s'était braqué, sans le vouloir. Quelque chose résistait… Même s'il faisait tout pour s'occuper correctement de Pavel, d'Ivana et d'Olga, il lui arrivait de les éviter, d'avoir besoin de se retrouver seul, de se dégager des contraintes du quotidien.

Alors, après une de leurs discussions, Victor lui avait fait découvrir Justin Michael Williams, un jeune chanteur américain noir, homosexuel, devenu une sorte de Martin Luther King contemporain, très actif sur la Toile, se définissant lui-même comme un « activiste intérieur ». Le projet de vie que propose ce jeune homme atypique a réveillé Stéphane. Il se résume en une idée aussi simple que puissante : « La révolution commence en toi. » Il s'agit de se relier à la vie. Il n'est pas forcément question d'être plus relax ou de se sentir bien, mais de devenir plus vivant ; d'accueillir tout ce que l'on ressent, pour dégager de la place à l'être profond, le laisser s'épanouir et développer de vraies relations avec ses proches. Cela a fait tilt, car les proches de Stéphane sont désormais Olga, Ivana et Pavel, et il a fini par s'ouvrir à eux, en les découvrant progressivement, en appréciant leurs personnalités très différentes de la sienne.

— Je pensais tout haut, répond Ivana. L'amour n'est vrai que s'il se traduit par des actes.

— Évidemment, les beaux discours ne suffisent pas, martèle Stéphane avec un brin d'impatience. Cela fait des mois que je le répète : stop au bavardage, agissons !

— Tu as raison. C'est beau de rêver, mais c'est encore plus beau de mettre en œuvre ses rêves, rebondit la jeune femme, un peu surprise par le ton de son interlocuteur. Justement, depuis que je suis allée à Pontarlier regarder le documentaire *Être avec les abeilles*, je suis décidée à participer activement à la protection des abeilles, en développant une apiculture douce.

Intéressé, Stéphane cesse de s'activer et s'assied. Il souffle. Son éclat de voix l'a saisi lui-même. Il constate ce signe d'irritation qui lui a échappé. Il l'accueille comme une invitation à s'arrêter, à ne faire qu'une chose à la fois et, là, maintenant, à se rendre disponible pour écouter Ivana et parler avec elle.

— De quoi s'agit-il ? s'enquiert-il plus tranquillement.

— D'une autre façon de vivre et de cultiver. Les pesticides ne sont pas la seule cause de la disparition massive des abeilles, l'apiculture intensive leur est également néfaste. En les étudiant à l'état sauvage, on a découvert comment s'en occuper tout en les respectant. On peut prendre soin d'elles comme si elles étaient dans la nature, sans se focaliser uniquement sur leur miel ou leurs autres productions, donc en leur laissant suffisamment de miel, de pollen et de propolis pour qu'elles puissent bien vivre.

— Vu comme ça, cela paraît évident.

— La biodiversité est plus que jamais nécessaire.

— Oui, j'en suis convaincu. Que peut-on faire concrètement ?

— Planter le plus possible de plantes et d'arbres mellifères.

— Ça tombe bien, je souhaite agrandir le verger dans le fond du jardin, s'anime Stéphane, conquis par l'idée. Je vais organiser un séjour spécial pour planter des arbres cet automne. Je vais chercher les végétaux mellifères compatibles avec le climat jurassien.

— Je peux m'en charger, si tu veux. Ça ne devrait pas être trop difficile à trouver.

— Génial, merci ! Vive la coopération en action… Je les commanderai au pépiniériste de la vallée.

— De quoi parlez-vous ? demande Pavel, arrivant avec Olga dans les bras.

— D'apiculture douce et du film sur les abeilles, précise Ivana, qui se lève gaiement pour aller vers eux.

— J'ai adoré ce documentaire, affirme Pavel avec vivacité. J'ai découvert combien on peut se relier aux abeilles pour vivre avec elles une relation tout en douceur et en harmonie. Je ne connaissais pas les ruches en paille. Dans le documentaire, un apiculteur prend chaque jour les ruches dans ses bras pour sentir les vibrations des abeilles. Il vit une véritable relation d'amour avec elles.

— Voilà un vrai changement, confirme Stéphane. C'est la preuve que nous pouvons modifier nos pratiques, faire avec la nature et non lutter contre elle en permanence. La nature est notre alliée.

— D'autant que les alternatives existent et qu'elles fonctionnent très bien, renchérit Pavel. Dès que l'on arrête d'utiliser des pesticides, la mortalité diminue ; dès que l'on replante des haies et des plantes mellifères, les insectes reviennent. C'est tellement simple, en réalité !

— Sur les balcons et sur les toits, dans les écoles, dans les jardins, nous pouvons tous faire quelque chose, poursuit Ivana. Nous pouvons tous devenir des gardiens des abeilles, des gardiens du vivant.

— Diane adorerait ce projet ! s'exclame Stéphane. Je vais lui proposer d'y participer avec nous. Eux qui ne savent pas encore où ils vont s'installer, cela pourrait aussi les attirer dans la région, et ça, ce serait une bonne nouvelle.

— C'est sûr, convient Pavel, elle et Loïc sont tellement sympas !

— En plus, Maëva adore jouer avec Olga ! sourit Ivana.

Tous trois discutent maintenant avec passion d'écologie réelle, chacun à sa mesure, au quotidien, ainsi que de permaculture et d'agriculture biodynamique. Tour à tour, ils se rejoignent en affirmant combien le travail le plus important est pour la planète, avec la terre, un travail qui a du sens, grâce à la joie de faire partie du processus de la vie, de s'unir à la vie, à l'abondance de la nature : planter des graines, s'émerveiller des germes qui poussent, voir grandir les plantes, puis en récolter les fruits.

Un peu plus tard, laissant la grande maison ouverte dans un silence un peu étrange, qui résonne encore de leurs paroles enflammées, Pavel et Ivana partent avec Olga visiter un terrain, vers Neuchâtel, sur lequel ils pourraient construire leur petit laboratoire de compléments alimentaires naturels, ainsi qu'une maison en bois pour leur habitation. Semaine après semaine, leur départ du gîte se précise. Stéphane se rend compte qu'ils font désormais partie de son existence, pas seulement de son quotidien, mais aussi de sa vie affective. Ces trois inconnus ont envahi son espace, il y a quelques mois, mais ils ont surtout brisé sa solitude, et il pressent combien ils vont lui manquer.

En attendant l'arrivée de nouveaux vacanciers venant passer une semaine dans la région, Stéphane prépare leurs chambres avec un entrain nouveau. Il goûte dans sa chair les délices d'une joie inattendue, il redécouvre que sa vie est si simple, sans péripéties étonnantes, certes, sans motif particulier de fierté, mais avec tant de saveur jour après jour, instant après instant, qu'il sent une immense gratitude gonfler sa poitrine. Empreint de cette félicité inédite, il descend dans le salon. Il téléphone à Diane pour papoter un peu avec sa cousine et lui parler d'apiculture douce.

Elle lui fait part de sa rencontre récente, à Rennes, avec Magda Hollander-Lafon, une femme lumineuse de quatre-vingt-treize printemps, rayonnante de bonté et de douceur. Cette ancienne psychologue pour enfants lui a confié sa foi sans limite dans la jeunesse et dans l'être humain. Elle lui rapporte les paroles qu'elle a recueillies auprès de cette personne si généreuse. Par exemple, propose-t-elle en ouvrant son carnet pour lire ses notes : « Nos actes nous engagent. Il dépend de chacun de choisir d'être humain ou d'humilier, de devenir violent ou de pacifier. » Tiens, cette pensée aussi : « Au cœur de nous-mêmes, il y a une lumière. Vouloir être comme l'autre la ternit. »

— Ouah, c'est beau ! s'exclame Stéphane, ému.

Encore sous le charme de ce moment hors du commun, Diane informe son cousin des avancées de leurs projets.

— Loïc aime la Normandie ou la Bretagne. Il voudrait trouver une maison avec un jardin, pas trop loin de la mer, mais tout est très cher dans ce coin, si on veut avoir assez d'espace pour vivre tous les trois et travailler sans se marcher sur les pieds. D'autant que je voudrais habiter une ville qui ait un collège et un lycée, pour que Maëva ne soit pas obligée de prendre le bus tous les jours. Et lorsqu'on se tourne vers l'Alsace, une autre région qu'on apprécie, les prix sont tout aussi prohibitifs, si ce n'est plus. C'est dingue de se rendre compte qu'il est si difficile de se loger ! Bref, on a beaucoup de difficultés à trouver quelque chose.

— Pourquoi ne viendriez-vous pas par ici ? lance Stéphane, content de l'occasion qui lui est offerte d'affirmer son souhait. Je serais tellement heureux de vous voir plus souvent, et la région est très agréable, tu sais !

— Oh oui, j'en ai conscience.

— En plus, je crois vraiment que nous avons besoin de nous regrouper pour vivre ensemble, œuvrer ensemble, nous soutenir…

— C'est sûr, reconnaît Diane. Ce serait sympa, et d'autant plus pratique si Loïc doit concevoir le laboratoire d'Ivana et de Pavel, puis suivre sa construction.

— Et j'ai une idée d'écovillage, lâche Stéphane sans réfléchir. Loïc et toi, vous seriez parfaits pour m'aider à le construire.

— Un écovillage ?

— Oui, un lieu collectif, ouvert, de quelques maisons, avec une activité agricole commune, maraîchère et fruitière. On partagerait les frais généraux, l'achat de matériel et certaines ressources, comme un poulailler, par exemple, pour avoir nos propres œufs, et des ruches, bien entendu !

— Des ruches ! s'exclame Diane.

— À plusieurs, en développant notre autonomie, on pourrait se réapproprier des tas de savoir-faire, avoir une réserve de graines, pour ne plus dépendre d'un système dont nous sommes les pions. Il y aurait des réunions régulières pour partager autour de nos activités communes et de nos projets. Il ne s'agit pas forcément d'habiter ensemble, mais de créer ensemble et de s'entraider. Tu connais la phrase

« Seul, on va plus vite ; ensemble, on va plus loin » ? On peut faire tellement plus et tellement mieux quand on se regroupe, quand on se relie.

— Oui, ça me parle, Steph, c'est sûr. Je vais en discuter avec Loïc. Et tu as demandé à Victor et Jade de venir aussi ? plaisante Diane.

— Ne rêvons pas trop, répond son cousin en riant. Il n'y a pas plus flamands que Jade et sa famille. À mon avis, ils resteront en Belgique ou, à la limite, en Hollande, mais la vallée du Doubs, ce sera pour les vacances.

— Au moins, ça facilitera les rassemblements, concède Diane, riant à son tour.

— De toute façon, il vaut mieux commencer modestement. La vie naît dans l'infiniment petit… Ah, je te laisse, Didi, mes vacanciers arrivent. On s'en reparle, promis ?

— Promis. Je t'embrasse fort, fort.

— Moi aussi.

*

« Aimer, c'est le plus difficile. On met toute une vie pour apprendre à aimer. »
« Demain dépend de ce regard que nous portons sur nous-mêmes et sur autrui, ce qui revient au même. »
Magda Hollander-Lafon

C'est beau de rêver, et c'est encore plus beau de mettre en œuvre ses rêves.

On peut faire tellement plus et tellement mieux, ensemble, lorsqu'on se relie.

En cultivant une réelle proximité avec la nature, nous pouvons nous réapproprier des savoir-faire qui nous rendent plus autonomes, plus libres.

19

Anvers

Ce vendredi soir, puisqu'il se rend dans sa belle-famille, Victor a fini plus tôt que d'habitude. En fermant son cabinet, il pense aux difficultés qu'il rencontre avec quelques patients qui n'acceptent pas facilement de se laisser soigner, comme si, pour certains, la guérison coulait de source quand, pour d'autres, elle semblait bien moins accessible, simplement du fait de leurs croyances sur eux-mêmes ou sur la vie.

Il passe d'abord par l'aéroport de Bruxelles pour aller chercher Nassim, qui n'a pas pu venir plus tôt, malgré les généreux efforts de Lina.

Dans le hall des arrivées, il se poste bien en évidence devant la sortie de l'avion israélien, qui vient d'atterrir. Bientôt, il s'approche d'un homme jeune aux cheveux brun foncé, qui ressemble sans hésitation possible à la photo que lui a envoyée Julien le matin même.

— *Hello, you're Nassim ?*

— Bonjour. Oui, c'est moi ! Je parle français, ma mère est libanaise… Un héritage des relations entre les deux pays, explique Nassim en riant.

— Enchanté !

— Enchanté. C'est vraiment sympa d'être venu me chercher. Merci !

— Avec plaisir. Nous allons faire des heureux. Lina est aux anges.

Une fois les valises rangées dans le coffre et les hommes installés dans la voiture, Victor sort du parking, puis demande :

— C'est la première fois que tu viens en Belgique ?

— En Belgique, oui, mais pas en Europe. Mes grands-parents maternels m'ont emmené visiter Paris, Versailles et même Disneyland, lorsque j'étais enfant, pour fêter mes douze ans. J'en garde un souvenir impérissable.

— Ah, formidable ! Je suis parisien… Personne n'est parfait, plaisante Victor.

— En effet. Julien m'a expliqué toute sa famille en détail. Heureusement que vous n'êtes pas aussi nombreux que chez nous.

— Vous êtes combien ?

— Impossible à dénombrer, si je compte les cousines et les cousins, mais j'ai quatre sœurs et deux frères, répond Nassim.

— En effet, quelle famille !

— Passionnée et explosive…

— Vivante, quoi ! Quel est ton métier ?

— Je suis couturier, comme mon père. J'ai travaillé longtemps à Jérusalem, dans le quartier musulman. Pour nous, Jérusalem est la troisième ville sainte de l'islam, précise Nassim. Je fabriquais des djellabas et des robes. Depuis que je vis avec Julien, à Tel Aviv, je fais principalement des retouches, faute de mieux. C'est moins intéressant. J'ai très peu de demandes de djellabas !

Il rit de bon cœur, avant de poursuivre :

— Les Arabes ne sont pas tellement bienvenus en Israël, tu t'en doutes, ce n'est pas un scoop. Heureusement, il y a de nombreuses exceptions. Depuis quelques mois, je commence à créer des robes sur mesure, et même quelques robes de mariée.

— Tant mieux. Tu exerces un beau métier.

— Oui. J'aime beaucoup travailler avec mes mains. Mon boulot est très concret, c'est ça qui me plaît. J'aime vivre dans mon corps, avec mes sensations. Je ne suis pas un intellectuel, contrairement à Julien. Pour moi, le plus important, c'est l'humilité : je me remets sans cesse en question, j'apprends de mes échecs, j'essaie de me dépasser.

— C'est une belle philosophie de vie !

— Ce sont mes parents qui me l'ont transmise.

— Tu trouves Julien orgueilleux ? le taquine Victor.

— Pas du tout, non, ce n'est pas ce que je voulais dire, s'excuse Nassim. On est très différents, c'est tout. On se complète, et c'est très bien ainsi.

— Oui, tu as raison. Tu as grandi où ?

— Un peu à Beyrouth quand j'étais tout petit, ensuite à Jérusalem pendant longtemps, puis ma famille s'est installée à Naplouse, mais c'est Jérusalem que je préfère, de loin. C'est pour ça que j'ai commencé à y travailler, dans une boutique d'un cousin de mon père. Chez nous, le réseau familial et la communauté sont très importants. Il n'y a pas d'individualisme. On peut réellement compter les uns sur les autres.

— Ça fait rêver !

— Oh, tu sais, il y a du pour et du contre. Ce n'est pas tout rose non plus.

Nassim se dévoile progressivement, heureux de répondre aux questions de Victor.

— Il m'arrive d'avoir un sentiment de grande inutilité, ou même d'ennui, confie-t-il. Je me rends compte que je ne peux rien changer à la culture musulmane. Je me sens enfermé dans les pesanteurs de la tradition, avec très peu de possibilités d'évolution personnelle.

— Tu parles de ton homosexualité ?

— Bien sûr, le monde musulman est tellement hypocrite avec l'homosexualité…

— Ce n'est pas le seul !

— … mais aussi dans bien d'autres domaines. J'ai souvent l'impression que tout est figé. C'est vrai que, de ce point de vue, je me sens mieux à Tel Aviv.

— Tu comptes venir t'installer en Belgique, avec Julien ?

Victor s'empresse aussitôt de modérer son élan de curiosité.

— Pardon. J'espère que ma question n'est pas trop personnelle.

— Non, non. Je préfère parler franchement, c'est la seule façon de bien se comprendre. Oui, je souhaite venir vivre ici avec Julien. C'est lui qui m'y invite, d'ailleurs, ce n'est pas moi qui m'impose, mais je suis fou de joie ! Pour moi, l'Europe, c'est un peu une sorte de Terre promise, sans exagérer. Et même si je l'idéalise, je sais que je vais pouvoir évoluer ici.

— Par exemple ?

— Du point de vue spirituel.

— Ah oui ? s'étonne Victor, qui ne s'attendait pas à cette réponse.

— En réalité, je suis passionné par le soufisme. Tu connais ?

— Un peu.

— C'est une forme de mysticisme musulman. Je vais pouvoir effectuer des recherches plus facilement, me sentir plus libre d'en parler, sans que cela soit jugé extravagant, déplacé, ou simplement inutile. Au fond de moi, je sens grandir un fort désir de rassemblement, d'unité. Je rêve de fédérer toutes les spiritualités, les philosophies et les démarches qui vont dans le sens de l'évolution humaine, du respect de la vie. Je crois ardemment à la puissance de l'amour, à la lumière, à la bonté ; pas dans les discours, non, mais dans les réalités concrètes de nos quotidiens, par nos paroles et par nos actes.

— Tu m'épates, Nassim ! s'exclame Victor. Sincèrement. On ne se connaissait pas encore il y a une heure, et tu me confies des choses si fortes, c'est fabuleux !

— Ah…

Encouragé par l'intérêt de Victor, Nassim continue :

— Je voudrais devenir ostéopathe. Je ne connaissais pas l'ostéopathie. C'est Julien qui m'a fait découvrir cette façon de se soigner, et, vraiment, je suis conquis. Il y a quelque temps, sous les doigts de la praticienne, j'ai senti dans le dos, vers mes côtes, une énorme tristesse dont je n'étais pas conscient, une tristesse d'enfant qui s'était logée là, silencieusement. Je me suis senti tellement mieux après la séance, tellement plus léger. Tiens, je te donne un autre exemple : j'ai souvent des douleurs du côté gauche du corps. La dernière fois que je suis allé voir notre ostéopathe, j'ai remarqué que le côté gauche de mon corps est très sensible, vivant, alors que le côté droit est dur, raide, comme insensibilisé. Eh bien, elle m'a expliqué que ce sont ces raideurs qui m'obligent à surcompenser de l'autre côté. Si je ne soigne que la douleur, je passe à côté de la guérison, alors que j'ai surtout besoin, d'abord, de retrouver la souplesse et la mobilité de cette partie de mon corps qui s'est pétrifiée. C'est passionnant, non ?

— Tu es sacrément observateur, c'est rare d'avoir une si bonne connaissance de son corps, une telle écoute. Alors, tu as pu repérer ce qui fait qu'il s'est durci d'un côté ?

— Les peurs… Beaucoup de frayeurs dans mon enfance.

— Quelles frayeurs ?

— Les horreurs de la guerre ! L'angoisse de la destruction, l'épouvante de mourir de mort violente, la terreur des attentats. La crainte d'être rejeté aussi, parce que nous sommes arabes et musulmans, parce que je suis homosexuel.

— Toutes les peurs nous figent, c'est sûr.

— En grandissant, j'ai voulu contrôler mes peurs, en croyant les faire disparaître, et ça m'a durci, ça m'a raidi encore plus.

— Comment comptes-tu t'en libérer ?

— Je ne sais pas. Au début de cette découverte, j'ignorais comment j'allais retrouver mon corps sensible, mon corps vivant, en entier. Puis j'ai effectué des recherches sur les traumatismes et j'ai trouvé une méthode qui pourrait m'aider.

— Laquelle ? Ça m'intéresse.

— Elle s'appelle la Somatic Experiencing. C'est une forme de thérapie corporelle des traumatismes, créée par un psychologue américain, Peter Levine.

— En effet, j'ai entendu dire beaucoup de bien de cette méthode, qui soigne directement le système nerveux autonome et rééquilibre le nerf vague par des mouvements simples. La thérapeute de Loïc l'utilise. Il en est très content.

— Cette approche considère que ce n'est pas l'événement qui est traumatique, mais son impact, le figement, c'est-à-dire les blocages au niveau du système nerveux qui découlent de cet événement.

Je ne sais pas encore s'il y a quelqu'un qui propose cette méthode à Anvers, mais j'ai trouvé un psychologue à Lille, en France. Je vais le contacter. Il y a même une femme au Danemark qui propose une thérapie très proche, la Post-Traumatic Growth, la croissance post-traumatique, pour transformer ses traumatismes en pouvoir d'agir, de créer, de vivre.

— Si tu me le permets, je vais chercher un praticien à Bruxelles, lui propose gentiment Victor. Cela serait moins loin et tu pourrais venir dîner et même dormir chez nous.

— Cool ! Merci pour ton hospitalité.

— Avec joie, et Jade sera aussi ravie que moi. Tu vas bientôt pouvoir faire sa connaissance, nous arrivons. Jade est une femme au grand cœur, je suis sûr que vous allez bien vous entendre.

— Je n'en doute pas une seconde. Julien ne tarit pas d'éloges sur sa sœur !

À peine sont-ils sortis de la voiture que Lina, déjà sur le perron, se dirige vivement vers Nassim et le serre chaleureusement dans ses bras.

— Comme tu es beau ! Viens. Julien t'attend avec impatience.

Le prenant par la main, elle le conduit vers leur maison.

— Laisse tes valises, Victor s'en chargera ou je reviendrai les chercher. Tu as fait bon voyage ?

— Oui. Je suis bien content d'être arrivé.

Maurice descend l'escalier et le prend à son tour dans les bras.

— Bienvenue ! Tu es ici chez toi.

— Nassim !

Apparaissant sur le pas de la porte, Julien s'élance joyeusement vers son compagnon.

*

La croissance post-traumatique est la métamorphose dont certaines personnes font l'expérience après une crise ou un choc, malgré leur détresse et leurs souffrances. Ce phénomène a été identifié par les psychologues Richard Tedeschi et Lawrence Calhoun dans les années 1990. Il peut opérer de cinq façons :

- les individus ayant survécu à un traumatisme saisissent de nouvelles opportunités ;
- ils nouent des relations plus solides avec leurs proches ou ceux qui ont souffert avec eux ;
- ils connaissent la force intérieure qui leur a permis de surmonter l'épreuve ;
- leur façon d'aborder la spiritualité évolue ;
- ils apprécient davantage la vie.

20

Morteau, septembre

— Ras le bol ! s'écrie Ivana, agitée, en soufflant violemment. Je suis dégoûtée.

Elle marche de long en large dans la grande pièce commune, oppressée par son désespoir.

— Quand est-ce que ça va s'arrêter ? J'ai envie de vomir. Mes mains sont glacées. Mon ventre et mon dos sont bloqués par des douleurs insupportables.

Complètement hirsute, la jeune femme continue de soupirer bruyamment. Son corps est secoué de tremblements et de décharges nerveuses qui activent ses muscles de façon incontrôlable, en état de choc.

— Je me sens totalement perdue, continue-t-elle, en s'asseyant lourdement, la bouche amère et le regard dans le vague. Je ne sais plus qui je suis. Ce monde m'attriste infiniment. Faut-il s'en défaire pour vivre égoïstement ? Si c'est ça, le bonheur, non merci ! Je n'y arrive pas, je suis désarmée… Il y a si peu de pureté, si peu de pureté. Vers qui me tourner ?

Il y a deux jours, le jeune couple tchécoslovaque a appris par Maurice, lui-même profondément révolté, que leur maison avait été brûlée : une manœuvre pour continuer à les intimider et à les fragiliser, à distance, puisque les auteurs de ce crime ne savent pas où ils résident désormais. En fin de compte, vivre loin de tout, sans pouvoir utiliser de téléphone portable et sans se connecter au moindre réseau social, les a protégés efficacement. Après un temps de sidération suivant l'annonce de ce nouveau drame, Ivana et Pavel se sont violemment disputés. Stéphane a dû intervenir plusieurs fois pour qu'ils n'en viennent pas aux mains. Puis Maurice les a rappelés pour les réconforter : un détective privé, travaillant pour eux, a réussi à récolter des témoignages dans le voisinage, indiquant le passage très rapide de deux inconnus juste avant l'incendie. Cette piste semble prouver, une fois encore, qu'il s'agit d'un acte délibéré. Anéantis par l'absurdité de cette malveillance, Ivana et Pavel sont longtemps restés immobiles dans le canapé du salon. Au fil des heures, l'idée de repartir complètement de rien leur a semblé la seule façon favorable d'envisager leur situation, d'autant que Stéphane les a assurés de son hospitalité aussi longtemps que cela leur serait nécessaire. Il a même demandé à une voisine de venir s'occuper d'Olga en attendant le retour au calme.

— J'ai besoin d'une bonne nouvelle, implore Ivana, les yeux écarquillés. Cela fait des mois que je prie tous les jours pour que cette série de catastrophes s'arrête et que j'apprenne enfin, enfin, une bonne nouvelle !

Soudainement, une ondée s'abat sur le jardin. Une pluie drue tape contre les vitres du salon.

— Diane, Maëva et Loïc vont arriver d'un moment à l'autre, lui annonce Stéphane, espérant lui remonter le moral.

— C'est vrai ? lance Pavel, le visage blême et les traits tirés, partagé entre l'incrédulité et le soulagement, une faible lueur éclairant brièvement ses yeux creusés par l'épuisement. Ils viennent pour quoi ?

— Pour nous voir, pour vous voir, surtout, et discuter de votre projet avec vous. Loïc a enfin quitté le cabinet d'architectes dans lequel il était associé. Il va pouvoir se mettre à son compte. Diane m'a expliqué qu'ils sont impatients de se lancer avec nous dans l'aventure.

— Plus on sera nombreux à œuvrer ensemble, plus on aura de chances de réussir, se réjouit timidement Pavel.

— Tu es en forme, ce matin, le taquine Stéphane, ça fait plaisir.

— Il vaut mieux, lâche l'autre sans réfléchir, après ces journées d'angoisse.

— Oui, pardon, je voulais simplement alléger l'ambiance.

— Mmm...

— En tout cas, je suis d'accord avec toi.

— Je vais chercher Olga, prévient Ivana, un peu plus posée. Elle adore Maëva. Elle va être contente de la voir. Tu as raison, Stéphane, c'est déjà une bonne nouvelle, merci… Et dis à ton adorable voisine que je vais pouvoir m'occuper de ma fille, surtout si Diane est avec nous. Elle me donnera bien un coup de main.

Peu après, lorsque Diane, Loïc et Maëva arrivent, Stéphane marche à leur rencontre pour leur expliquer la situation. Ils ont appris la nouvelle pendant leur voyage. Victor leur a téléphoné. Interloqués, leurs visages sont graves. Du mieux qu'ils peuvent, ils expriment leur compassion à Ivana et Pavel, en les serrant chaleureusement dans leurs bras, et en se rendant disponibles pendant tout le reste de la journée, les aidant dans les gestes du quotidien. Silencieux, ils les écoutent faire le récit de ce nouveau drame et essaient de les soutenir avec tact.

Loïc prépare le repas du soir afin que Stéphane souffle enfin un peu, lui aussi, alors que Maëva s'amuse à dresser la table joliment. Durant le dîner, Pavel et Ivana continuent à relater tour à tour leur épopée surréaliste. Une fois le dessert terminé, Ivana raconte la fin de ses études en Tchéquie et une découverte essentielle qu'elle a faite à ce moment-là.

— Quand j'étais en doctorat à l'université de Brno, j'ai appris à cultiver des cellules dans des petites boîtes en plastique. Les cellules en suspension se déposent sur la surface de la boîte et commencent à se développer dans un environnement fluide appelé bain de culture. Ce milieu est un équivalent du sang dans lequel vivent les cellules. Une cellule souche isolée en culture se divise à peu près toutes les douze heures. En une semaine, une unique cellule souche peut donner naissance à une population d'environ trente mille copies de la cellule originale. À mesure que celles-ci mûrissent, elles finissent par fusionner et se différencier. Au début de cette expérience, mon professeur m'a donné un conseil essentiel : « Lorsque vous examinerez les cellules dans quelques jours, si elles perdent leur forme et n'ont pas l'air en bonne santé, le problème ne vient pas des cellules elles-mêmes, mais de leur environnement, du milieu de culture. » En formulant différentes variations de bain de culture, j'ai pu effectivement transformer les cellules souches d'une façon ou d'une autre. Ces cellules exprimant des caractères différents sont pourtant génétiquement identiques. Alors que les gènes de toutes les cellules étaient les mêmes, seul leur environnement, leur milieu de culture, était différent.

Tout le monde autour d'elle l'écoute attentivement dans un grand silence suspendu.

— Les résultats de ces expériences ont révélé que l'activité génétique est influencée par l'environnement. Cette observation remet en question le dogme erroné, bien que répandu, qui fonde la croyance en un prétendu déterminisme génétique. Selon cette idée, les gènes contrôleraient la vie, et nous serions victimes de notre hérédité. Au contraire, les découvertes comme celle que j'ai pu faire ont donné naissance à l'épigénétique, une science contemporaine qui étudie l'impact de l'environnement sur nos gènes et nous libère du déterminisme de l'hérédité, en révélant que nous avons la maîtrise de notre activité génétique lorsque nous améliorons notre environnement. Je me suis donc spécialisée dans ce domaine.

— C'est passionnant, commente Diane en la regardant intensément.

— Je vous raconte tout cela pour que nous soyons vraiment conscients de l'importance de créer un nouvel environnement favorable à l'être humain et à la vie, insiste Ivana. Pour moi, c'est déjà ça, le monde d'après, et aucune idée, aussi belle soit-elle, ne nous permettra de créer un monde meilleur si nous n'améliorons pas d'abord concrètement nos conditions de vie !

— Je suis mille fois d'accord avec toi, confirme Stéphane. Récemment, j'ai compris qu'il ne s'agit pas de prédire le futur, ou d'essayer de le deviner pour s'y préparer, mais de *créer* notre futur. Il est temps d'arrêter de parler de changement pour *pratiquer* réellement le changement au quotidien. On n'apprend pas à nager en lisant un livre, mais en plongeant dans l'eau ! C'est exactement pareil. Alors, ne nous demandons plus comment sera demain, mais annonçons ce que nous voulons vivre et faisons-le pour de bon.

Loïc arrive avec la grande théière remplie de l'infusion du soir et des tasses sur un plateau, qu'il dépose au milieu de la table.

— Avant d'aller nous coucher, je vous propose un petit jeu, propose Pavel. Pour chacun de vous, quel est le mot qui caractérise le mieux le monde nouveau ?

En un éclair, les réponses fusent autour de la table.

— Authenticité.

— Compassion.

— Nature.

— Diversité.

— Coopération.

— Gentillesse.

Même Maëva, déjà un peu endormie, a apporté sa contribution.

— Tiens, personne n'a parlé de respect, remarque Stéphane.

— Ni de paix, s'étonne Ivana. J'aurais dû le proposer.

— Au fond, si déjà le monde nouveau apporte tout ce que nous souhaitons ce soir, il vivra forcément beaucoup plus en paix, vous ne croyez pas ?

Dans le silence serein de la nuit qui tombe, plus fraîche grâce à la pluie matinale, tous acquiescent en silence.

— Comme c'est bon d'être là, ensemble, reconnaît Pavel.

— Oui, c'est si bon… Nous trois, nous avons aussi un fort besoin de ralentir pour retrouver un rythme naturel, murmure Diane, avec un grand sourire.

*

« Quand la vie est douce, remerciez et célébrez.
Quand elle est aigre, remerciez et grandissez. »
Shauna Niequist

« La grande leçon des crises
est que nous ne pouvons échapper à l'incertitude.
Nous resterons dans l'incertitude
de l'aventure humaine. »
Edgar Morin

Nous ne sommes pas déterminés par notre hérédité : il est fondamental de créer un nouvel environnement favorable à l'être humain, à la nature et à la vie. Voilà pourquoi il ne suffit pas de parler de changement, il est nécessaire de le vivre, au quotidien. Nous et nos proches en ressentirons progressivement les effets bénéfiques.

21

Les jours passent, occupés par une succession de petites activités qui les remplissent sans heurts. En cette fin d'été, la douceur de l'air détend l'atmosphère et ouvre les cœurs à la tendresse. Les nuits tombent plus tôt, presque d'un coup, comme si un grand rideau était soudainement tiré sur le ciel bleu pour y révéler une myriade d'étoiles.

Diane et Loïc se sentent bien dans le cadre apaisant de la nature, grâce à la bonté avenante de Stéphane, avec qui ils ont mis au point une forme de participation active aux tâches quotidiennes de l'auberge, complétée par un loyer mensuel pour l'appartement familial qu'ils occupent au dernier étage du grand chalet. Tous trois ne se sentaient pas capables de vivre une année scolaire supplémentaire en région parisienne. Au fil du temps, ils se rapprochent d'Ivana et de Pavel. Maëva, elle aussi, a adopté Olga comme une sorte de petite sœur d'âme. Elle vient d'entrer à l'école primaire Louis-Pergaud, à Morteau, où ses parents l'ont inscrite *in extremis*. Pour couronner le tout, ils viennent de décider de mettre leur appartement de Boulogne en vente, pour s'installer dans le Haut-Doubs.

Afin de se rassurer quant à leur décision, Loïc répète que les villes sont responsables des trois quarts des émissions de gaz à effet de serre et qu'il est urgent de renverser la tendance. Au fond de lui, il se rend bien compte qu'il commence à apprécier cette région aussi rude que généreuse, qu'il connaissait peu et sur laquelle il s'était contenté jusqu'alors de préjugés défavorables. D'ailleurs, en dehors de l'affection bienfaisante que lui témoigne Stéphane, Loïc continue à progresser dans sa façon d'être en relation avec lui-même et avec les autres. En poursuivant sa thérapie avec Fabienne, il accepte de laisser émerger ce qui vient, ce qui monte en lui, accueillant ce qui demande à advenir à sa conscience, que ce soient des souvenirs, des émotions ou même les sensations les plus ténues de la vie quotidienne. Lorsqu'il discute avec Diane, ils constatent combien les découvertes des uns déclenchent ou soutiennent celles des autres, et réciproquement.

Un matin, Pavel raconte un rêve étrange qui le pousse à réfléchir : voici qu'il se trouvait dans les souterrains d'une pyramide égyptienne, avec son père, son oncle et sa grand-mère, tous trois décédés. Son père lui demandait de nettoyer le squelette de sa sœur, qu'ils lui présentaient en le tenant dans un linceul brodé de fleurs dorées. Surpris, mal à son aise, Pavel n'arrive pas à comprendre la signification de ce rêve, d'autant que sa sœur, restée en Tchéquie, est toujours vivante. Autour de la table, chacun propose une interprétation différente. Aucune ne semble satisfaire Pavel, encore plus troublé. Trop enclin à considérer le rêve d'un point de vue littéral, comme si sa sœur était morte, il reste agité un bon moment. En fin d'après-midi, ne pouvant ressasser plus longtemps, il emprunte le téléphone portable de Diane pour appeler sa sœur. Cette conversation a un effet puissant sur lui. Il revient à la réalité concrète, rassuré de lui avoir parlé et de constater qu'elle va bien, ainsi que leurs parents.

Chaque soir, la petite compagnie prend le temps de réfléchir plus activement à son projet d'écovillage. Stéphane a discuté avec un agriculteur du voisinage, qui partira bientôt à la retraite. Cet homme accepte de leur vendre à prix d'ami un grand champ, ce qui laissera suffisamment de terre pour un potager et un verger autour des habitations. Ils assureront leur autonomie en matière de production d'eau chaude et d'électricité grâce à des panneaux solaires. Loïc dessine déjà le hameau pour que le débat soit plus concret. L'avantage de la disposition du village en demi-cercle est de rendre tout le monde proche, avec une ouverture vers l'extérieur et une place centrale où les enfants se retrouveront facilement et joueront sous le regard des adultes.

L'enthousiasme que déclenche son croquis réjouit Loïc. Pour la construction des maisons, ils feront appel à des artisans locaux. Les bâtiments seront en bois et en pierre, l'isolation, en laine de bois et en ouate de cellulose, la décoration, réalisée à partir d'objets en matériaux naturels, fabriqués dans la région. Ivana propose que la literie soit en laine de mouton et le linge, en coton écologique. Diane voudrait que les maisons soient harmonisées selon les principes de la géobiologie et du feng shui traditionnel.

Ils envisagent de récupérer les eaux de pluie pour les chasses d'eau, de mettre en place un éclairage raisonné, un électroménager à faible consommation énergétique et de chauffer les pièces principales avec des poêles à bois. Pavel insiste sur le tri des déchets, avec un compostage végétal sur place, alors que Stéphane – qui veut faire partie de l'aventure même s'il ne quitte pas son gîte – rêve d'un jardin potager en permaculture faisant la part belle aux fleurs les plus variées, de plantes médicinales et aromatiques, de ruches et de chevaux. Cette perspective fait légèrement sursauter Maëva du fauteuil dans lequel elle rêvasse en suçant son pouce, car elle aimerait pratiquer l'équitation.

Ils imaginent des repas préparés à partir de denrées fraîches, produites localement, ou provenant de leurs potagers partagés. Lassée du végétalisme pur et dur, Diane penche plutôt pour un régime flexitarien, qui suivra le rythme des saisons. Elle obtient l'assentiment bruyant de tous, peu enclins à s'imposer une diète trop stricte. Dans la foulée, ils choisissent un nom pour leur village, en adoptant la proposition de Maëva : « L'Arc-en-ciel ».

— J'avoue que j'ai des doutes. Je trouve ce projet utopiste.

Méfiant face à tant de bonnes intentions, Pavel craint que cela ne soit pas aussi facile, dans la réalité. Il revient à ses idées de s'installer en Suisse, ce qui déçoit Diane, même si elle se retient d'intervenir. Loïc baisse les yeux. Ivana en est visiblement attristée, elle aussi.

Assis dans un fauteuil près de Maëva, un peu plus loin de la table, Stéphane observe la scène. Prenant le temps de respirer profondément, il rappelle que ce sont les utopistes qui changent vraiment le monde, qu'ils jouent le rôle de pionniers et sont les acteurs de chaque grande évolution sociale.

— Définir à l'avance les règles de vie nous aidera justement à mieux passer les caps difficiles.

Loïc confirme ce point de vue.

— La première règle pourrait être de s'écouter, de s'accepter…

La moue décidément dubitative de Pavel l'arrête dans son élan. Ivana en profite pour exprimer un vœu qui lui tient à cœur.

— Je souhaite que chacun participe à la vie commune, dans un esprit de partenariat.

Ivana n'a jamais été particulièrement encline à s'installer en Suisse, alors que les projets de Stéphane et de ses nouveaux amis l'enthousiasment sincèrement. Diane retrouve le sourire. Tout en écrivant chaque proposition, elle souligne qu'elle voudrait tisser des liens avec les associations de la région.

Constatant que le visage de Pavel reste fermé et son dos, voûté, Loïc se sent dans une impasse. Il ferme les yeux un instant, pour sentir ce qui se passe en lui, puis les rouvre. Il demande quels sont les besoins de chacun, les besoins fondamentaux à respecter pour favoriser une meilleure communication entre eux et faciliter leurs relations. Cette proposition fait mouche. Pavel se redresse, bouge sur son siège, se racle la gorge, puis leur avoue ses fragilités émotionnelles avec beaucoup de sincérité.

— Je suis quelqu'un d'impulsif. Ivana, tu le sais trop bien, toi qui me connais depuis longtemps et qui as dû encaisser mes colères volcaniques ou mes désespoirs abyssaux. En réalité, je crois que je suis un solitaire. J'ai besoin de solitude régulièrement, mais je ne supporte pas l'isolement. Ce n'est paradoxal qu'en apparence, car j'ai aussi besoin de pouvoir sentir de la compagnie autour de moi, ni trop près, ni trop loin. Cela veut dire que je ne me sens pas capable de participer à beaucoup de travaux en groupe, de réunions, de discussions. J'aurai besoin de pouvoir me replier dès que je sentirai que je sature. Vous comprenez ?

— Oui, bien sûr, le rassure Diane avec douceur.

— En faisant cela, je vous préserve, je nous préserve et je me préserve de la possibilité d'une détresse émotionnelle ; d'autant qu'elles sont imprévisibles, et souvent explosives.

— C'est entendu, confirme Loïc, touché par l'honnêteté de Pavel. Je me reconnais, moi aussi, dans ce que tu nous confies.

— Merci… J'ai réellement besoin de pouvoir me replier, dès que la saturation se présente, insiste Pavel. Je ne souhaite plus vivre ces moments douloureux. J'en ai trop connu dans le passé, et je veux vivre d'une façon plus paisible désormais.

— Je le note, poursuit Diane, tu peux compter sur nous. Nous y serons attentifs, non seulement pour toi, mais pour chacun de nous, et pour les filles aussi. Moi, par exemple, j'ai besoin d'être accueillie comme je suis, avec mon goût pour l'astrologie, ma passion pour les énergies, mon féminisme… et mes lamentations, quand je ne suis pas en forme !

— De mon côté, j'ai besoin de prendre mon temps pour tout ce que je fais, déclare Ivana. Je ne peux pas aller vite, je dois respecter mon rythme, sinon je râle ou je me ferme comme une huître.

— Eh bien, j'ai l'impression de ressembler à vous tous et d'avoir les mêmes besoins que vous ! s'exclame Loïc. En plus, je reconnais que je suis rapidement découragé par les critiques. J'ai besoin d'être reconnu dans mon travail.

— Et moi, très concrètement, j'ai besoin d'aide demain matin pour aller au marché, lance Stéphane en riant. Qui m'accompagne ?

Loïc se dévoue sans attendre et va chercher Maëva.

— Allez, au lit, ma belle, il est tard, déjà, et demain tu vas à l'école.

*

Qu'est-ce que je veux profondément ? Qu'est-ce que je ne veux plus du tout ? De quoi ai-je réellement besoin pour bien vivre mes relations ? Ai-je tendance à écouter plus souvent les besoins des autres que les miens ou à répondre à leurs attentes en m'oubliant ? De quelle façon puis-je préciser mes besoins aux personnes de mon entourage pour qu'elles puissent en tenir compte et y répondre ?

22

Ce jour-là, en passant dans le couloir près de l'entrée, Pavel remarque l'écriture de Stéphane sur une feuille de papier volant, posée sur le guéridon. Intrigué, il s'arrête pour la déchiffrer.

Activités pour le gîte ☺

- Programmation de stages de ressourcement personnel et en groupe (promenades, jardinage, shiatsu, yoga, qi gong, observation des étoiles).
- Ateliers, rencontres, projections destinés à créer un réseau de personnes engagées.
- Animation des stages par des acteurs locaux.
- Cours gratuits pour les enfants de la commune.
- Développement *via* le bouche-à-oreille, sans recours à la publicité.
- Foire aux vêtements, bourse aux livres, etc.

Pavel soupire, puis hausse les épaules avant de reposer la feuille négligemment. Une pulsion violente le saisit. Il se retient de la froisser ou de la déchirer pour la jeter. Un peu surpris par sa violence, il monte se calmer dans la grande chambre avec salle de bains attenante que Stéphane leur a réservée dès leur arrivée à l'auberge. Il tourne en rond, trépigne, soupire encore, puis s'assied au bureau dans un angle de la pièce pour rédiger un courriel en tapant nerveusement sur le clavier d'un petit ordinateur portable.

Victor,

Cela fait longtemps que je voulais vous écrire. J'ai traîné, comme je sais si bien le faire. Je me suis laissé envahir par ma recherche d'un lieu d'habitation en Suisse, dans une fuite en avant, une fuite de moi-même et de ma vie. Je crois que c'est une façon de remplir artificiellement mon temps, comme si je jouais continuellement à des jeux vidéo ou que je passais mes journées à briguer fiévreusement la fortune dans un Casino… Aujourd'hui, je me retrouve, bêtement, au point de départ. Je n'ai pas avancé, je n'ai pas changé. Je porte toujours en moi cette difficulté de vivre, ce refus d'exister et d'aller bien, en entraînant mes proches dans une chute sans fin.

Ce matin, à peine levée, Ivana m'a annoncé qu'elle souhaite participer au projet avec Diane et Loïc et vivre dans l'écovillage avec eux. Cela signifie que nous ne partirons pas habiter en Suisse. J'avoue que je suis déçu, très déçu, mais surtout décontenancé, désarçonné. Je suis pris dans une sorte de vertige, une rage sans nom, et je me retrouve aussi épuisé que lorsque nous avons dû fuir ; or, là, je ne peux vraiment m'en prendre qu'à moi-même. J'ai cette fâcheuse tendance à me mettre en danger, comme si je ne savais pas faire autrement, et je crains de recommencer encore et encore, en trouvant à chaque fois une nouvelle façon de flirter avec le vide, puis de m'inventer de jolies justifications qui ne tiennent pas la route.

Au fond, je n'arrive pas à croire en un monde meilleur. Je ne parviens pas à me convaincre que c'est possible. Je ne sais même pas si je le souhaite vraiment. Je ne comprends pas pourquoi je trouve ça puéril et ridicule de vouloir améliorer les choses. Jusqu'à présent, je me suis toujours senti plus à mon aise avec la critique, le pessimisme, le sarcasme et le cynisme, avec le désespoir. Je me disais que c'était ça, être adulte, ou être un homme. D'ailleurs, j'ai un peu de mal à faire la différence entre les deux, même si je sens bien que cet amalgame ne tient pas debout. Pour moi, l'optimisme, la joie, l'espérance sont des trucs de femme, ou sont bons pour les enfants, mais ça n'est pas viril, pas sérieux. Alors, je continue à détruire tous les rêves en moi et autour de moi, y compris notre projet d'écohameau. Non, je n'arrive pas à y croire, je ne veux pas y croire. Toutes ces belles idées m'agacent prodigieusement, elles m'irritent au plus haut point. Pardon pour ma franchise, mais c'est véritablement ce que je pense. Oui, cela me rend dingue de les voir s'extasier autour de ce projet, comme s'ils étaient les premiers à y songer, comme si ça allait réellement changer la face de la Terre. J'ai l'impression de voir des gamins préparer leur première boum, et ça me donne envie de vomir ou de hurler. Oui, de hurler.

Je sens en moi une fureur irrésistible qui me pousse à tout détruire, et le pire – je ne peux plus prétendre le contraire et le cacher à mes propres yeux –, le pire concerne ma responsabilité dans ce qui m'est arrivé. Bien sûr, j'ai dénoncé des faits réels et inadmissibles, des pratiques répréhensibles, mais vous aviez raison, c'est ma façon de faire qui nous a attiré tant de violence. Je suis en train de comprendre ce qu'est vraiment le « karma », cette loi d'action-réaction qui, comme un boomerang, rapporte irrémédiablement à nous, en retour, les conséquences de nos paroles et de nos actes. « On récolte ce que l'on sème », dit le proverbe : c'est tout à fait vrai. Ainsi, les violences qui ont ravagé ma petite famille ces derniers temps sont les fruits amers et empoisonnés de mois, voire d'années de violences que j'ai exercées contre moi-même et contre les autres. Je voyais le mal dans tout, je cherchais la petite bête, je pinaillais. Je m'acharnais. Je trouvais une certaine gloire à être celui qui ose dire tout haut ce que les autres pensent tout bas. Je me croyais supérieurement intelligent puisque j'étais capable de dénoncer sans cesse ce qui n'allait pas. Et je tirais tellement d'orgueil de cette prétendue supériorité. Résultat ? Mon décor d'opérette s'est effondré et me voilà à terre, misérable, stupide, complètement dépité. Je n'en suis pas sorti grandi.

J'ai fait une pause pour prendre l'air au jardin, sinon j'aurais pu continuer dans ce sens encore pendant des pages, sans aboutir à rien.

Depuis que je vis ici, je constate à quel point Stéphane incarne une façon de vivre inverse de la mienne. Jour après jour, cet homme se montre simple, bon, naïf, dévoué, tout ce que j'ai si longtemps détesté, haï même, et méprisé, tout ce que j'ai crânement considéré comme les pires faiblesses. Je faisais partie de ces personnes qui ne supportent pas qu'on leur parle d'empathie, qui raillent la gentillesse et dénigrent la bienveillance, qui se veulent incapables de sollicitude, pour prouver leur suprématie. Stéphane, lui, sans rien chercher à prouver, avance dans la vie avec douceur. Il agit, il aide, il construit. Il accueille, donne, rayonne… Avec lui, l'existence coule naturellement. Tranquillement. Bien sûr, il a aussi ses défauts, comme tout le monde, et même un caractère bien trempé, mais il vit, il aime, il est présent.

Je ne vous écris pas cela pour le prendre en modèle, non, je suis encore bien trop orgueilleux pour vouloir changer ou m'améliorer. Je vous l'écris parce que je voudrais commencer par arrêter de tout détruire autour de moi. Je voudrais cesser d'être chaque fois celui qui empêche les autres d'exister, d'avancer, d'être heureux, parce que c'est exactement ce que je fais, en réalité. Je voudrais tant laisser les autres vivre, les laisser croire à leurs rêves et les accomplir. Rien que cela, déjà, ce serait un immense progrès. Tout le monde y gagnerait, à commencer par moi, qui pourrais peut-être enfin goûter un peu de paix.

Je vous laisse, Victor. Je vous remercie pour votre lecture et votre patience. Vous êtes le seul à qui j'ose confier les ombres profondes qui m'habitent, qui me hantent.

Je souhaite aussi un bon accouchement à Jade. Si mes souvenirs sont bons, ça ne devrait pas tarder.

Au plaisir de vous lire, ou de vous voir un de ces jours.

Bien à vous,

Pavel

Le lendemain matin, poussé par une intuition subtile et persistante, il allume l'ordinateur pour vérifier s'il a reçu un nouveau message. Soulagé, content malgré lui, il découvre une brève réponse envoyée par Victor, qu'il s'empresse de déchiffrer.

Cher Pavel,

Je vous remercie pour votre message et votre confiance. J'apprécie votre franchise sans fard. Beaucoup d'entre nous ne parviennent pas à être aussi honnêtes avec eux-mêmes, alors que nous sommes si prompts à faire de grands discours édifiants et à donner des leçons aux autres. Et je comprends que ce décalage entre nos brillantes prétentions et la réalité, bien moins idéale, vous choque et vous révolte.

En relisant vos confidences, ce matin, je me suis dit que vous êtes encore sous le choc de tous ces moments éprouvants que vous avez vécus depuis quelques mois. Je crois que vous pourriez consulter un ostéopathe. Grâce à certaines manipulations tout en finesse des os du crâne et à quelques techniques crânio-sacrée (entre la tête et le sacrum), un praticien avisé pourrait aider votre système nerveux à retrouver un bon équilibre de fond. Cela vous permettrait de vous détendre en profondeur et de vous sentir plus léger. N'hésitez pas à y recourir, vous serez surpris du résultat. Une ou deux séances devraient suffire. Trois au maximum. Nous croyons trop souvent que nous devons résoudre toutes nos difficultés par la seule volonté, grâce au mental, alors qu'il y a tant à faire, aussi, du côté du corps, en lui rendant ses capacités à se réguler par lui-même…

Jade vous embrasse. Elle va très bien. Merci pour vos vœux ! En effet, le terme de sa grossesse approche à grands pas et nous en sommes tout excités.

Nous espérons vous revoir bientôt, ainsi qu'Olga et Ivana.

Bien sincèrement,

Victor

Intrigué et méfiant de prime abord, Pavel perçoit que le conseil de Victor l'inspire tout de même. Il se met donc en quête d'un bon ostéopathe dans la région. Cette simple possibilité de prendre soin de lui pour aller mieux l'apaise, et l'aide à sortir d'une forme de résignation sans perspective d'amélioration. Il se sent moins à vif, libéré de la honte de ne pas aller bien et de la culpabilité de peser sur son entourage. En descendant l'escalier pour aller déjeuner, il se surprend à siffloter, prenant conscience que cela fait des mois qu'il n'a pas sifflé ainsi.

*

La thérapie crânio-sacrée est une pratique manuelle qui mobilise toute la colonne vertébrale, du crâne au sacrum.

> *« Elle libère les émotions traumatiques, équilibre les fonctions du système nerveux et hormonal, dissipe le stress chronique, renforce l'énergie vitale et l'immunité. Elle apporte une décontraction globale, une clarté mentale et plus de vitalité. »*
> Lucile de La Reberdière, 2021

Le développement de la technique crânio-sacrée a considérablement enrichi l'ostéopathie, ainsi que la fasciathérapie, en libérant les fascias, ces tissus conjonctifs internes qui jouent un rôle essentiel dans notre équilibre physique et psychique.

Il existe un lien profond entre notre corps et notre esprit. Souhaiter aller mieux et chercher comment guérir permet déjà d'amorcer un meilleur équilibre, une plus grande harmonie. Le corps le ressent et l'exprime naturellement par une meilleure régulation globale.

23

Bruxelles

Depuis ce matin, Victor se sent fébrile. Durant toute sa journée, pourtant bien chargée, il perçoit en lui une sourde anxiété, presque désagréable, qui persiste sans raison, même lorsqu'il prend le temps de respirer profondément. Il dort trop peu en ce moment, non seulement parce qu'il travaille au-delà du raisonnable, mais surtout parce que l'attente de l'accouchement, désormais imminent, le maintient dans une sorte de qui-vive nerveux, entre excitation et euphorie, avec une bonne dose d'impatience et quelques touches d'inquiétude.

Il est épuisé, même découragé. Au cabinet, il ne s'entend pas avec Étienne, son principal associé, très sarcastique, facilement moqueur et décidément sans scrupule. Même les menaces de plainte pour harcèlement sexuel de certaines de ses patientes restent sans effet sur cet homme fourbe… Leur relation, tendue depuis le début, se dégrade inexorablement.

— Nous n'avons pas du tout la même façon d'envisager la pratique de la médecine, et encore moins la vie, pense-t-il avec regret.

Victor songe de plus en plus souvent à partir, à quitter ce cabinet pour en créer un autre, vraisemblablement avec des praticiens de médecines douces, des êtres humains bienveillants et engagés. Il souhaite ne plus tarder à mettre en œuvre ce projet et commence à regarder des lieux possibles à Bruxelles ou dans les environs. Le *nec plus ultra* serait de trouver un cabinet donnant sur un jardin... Posé sur le bureau, son téléphone portable sonne. Victor tourne machinalement son regard pour l'arrêter. C'est Jade qui l'appelle. Il se précipite pour répondre. D'une voix un peu essoufflée, elle lui annonce tranquillement qu'elle commence à perdre les eaux et à ressentir les premières contractions. Victor lui promet d'arriver dans quelques minutes. Il se dépêche de terminer la consultation en cours, tend l'ordonnance, encaisse sa rémunération, puis s'excuse auprès du prochain patient dans la salle d'attente, colle un Post-it sur la porte et file chez eux. Jade l'accueille tout sourire, ses deux valises déjà prêtes, une pour le bébé, l'autre pour elle, disposées dans l'entrée. Victor l'embrasse, dépose son sac, prend les valises et l'emmène sans tarder à la clinique Saint-Jean, près du jardin botanique.

Ce lieu, ils l'ont fréquenté ensemble cette année pour se préparer à un accouchement dans la sérénité, grâce à la sophrologie, puis, ces derniers mois, en utilisant également l'haptonomie, une pratique de contact par le toucher, pour commencer à entrer en relation avec leur bébé. Victor se souvient de sa joie chaque fois que le petit être répondait à ses mains posées sur le ventre de Jade ou remuait en entendant sa voix. De son côté, Jade a beaucoup apprécié cette préparation tout en douceur. Elle sent qu'elle peut y puiser de la confiance et de la force. Arrivée à la maternité, elle est aussitôt placée dans une salle de travail, avec un monitoring sur le ventre pour écouter les pulsations cardiaques du bébé. Tout va bien de ce côté-là, et sa tension à elle est tout à fait correcte. Pas de souci, donc, pour la maman ni pour l'enfant, d'autant qu'il s'est retourné la semaine précédente et se présente la tête en bas. La sage-femme aide Jade à respirer profondément à chaque nouvelle contraction. Pendant ce temps, Victor va poser les valises dans la chambre qui sera la leur durant leur séjour à la maternité.

Un peu plus tard, Jade est transférée dans une salle d'accouchement toute proche. La lumière est tamisée, un petit appareil en verre et en bois diffuse un mélange d'huiles essentielles relaxantes, lavande, mandarine et petit-grain, alors qu'une musique douce emplit l'atmosphère. Pour préserver leur intimité, et respecter le souhait de Jade, seuls la sage-femme et Victor sont présents. Ce dernier tient la main moite de sa compagne et la regarde avec admiration. Dans une pièce à côté, prêt à intervenir en cas de nécessité, le gynécologue-obstétricien viendra seulement après la naissance, et pas avant, si tout se passe bien. Malgré les douleurs intenses qu'elle ressent dans tout le bas du ventre et du dos, Jade respire puissamment, pousse répétitivement le bébé à chaque contraction.

Imaginant le jardin de la maison de ses grands-parents, lorsque, enfant, elle y passait ses vacances, dans la suavité des longues journées d'été, elle fournit un effort colossal tout en hurlant jusqu'à ce que la tête du nourrisson sorte, puis la sage-femme aide le petit corps à émerger, comme dans un glissement vif, qui semble aussi naturel que magique à Victor, complètement émerveillé par ce qu'il est en train de vivre. Le nouveau-né déploie ses poumons, crie spontanément. En souriant, la sage-femme annonce que c'est un garçon et le pose sur le torse de sa maman.

— Comment l'appelez-vous ? demande-t-elle.

— Félix, annonce l'heureux papa. Félix, comme la félicité…

Bientôt, Jade s'endort. La sage-femme emmène Félix, qui ouvre grand ses yeux bleu sombre, prendre son premier bain, puis le confie à son père. Ému, Victor tient contre lui son enfant, qui s'endort à son tour dans une tendre tiédeur. Combien de temps restent-ils ainsi, dans cette pièce paisible ? Une bonne heure, au moins. Lorsque la sage-femme revient pour leur proposer de monter dans la chambre, il fait déjà nuit dehors, et tout semble endormi.

— Comme il est beau ! s'extasie Victor quand Jade se réveille.

— Oui, il est très beau, confirme-t-elle, la bouche un peu pâteuse.

— Tu n'es pas trop fatiguée ?

— J'ai bien dormi. Je me sens bien.

— Tant mieux.

— Tu es déçu que ce soit un garçon ? le taquine Jade, en riant.

— Pas du tout, réplique Victor aussitôt. Je suis très heureux.

— Je croyais que tu aurais préféré une fille ?

— Au début de ta grossesse, j'avais imaginé que ce serait une fille, c'est vrai, mais je suis très content. Fille ou garçon, ce n'est pas son sexe qui compte, c'est la petite personne qu'il est déjà, et je suis enchanté de l'accueillir. C'est le plus beau jour de ma vie !

— Je suis bien d'accord avec toi. En tout cas, j'aurais préféré accoucher à la maison, dans mon intimité.

— La prochaine fois...

— S'il y a une prochaine fois ! glisse-t-elle dans un léger éclat de rire. La sage-femme était vraiment très douce, mais je n'aime pas les hôpitaux.

— Je comprends, ma chérie.

— Tu te souviens que je t'ai dit récemment qu'il vaut mieux éduquer les garçons comme des filles, désormais...

— Oui, je me le rappelle.

— Pour construire un nouveau monde, sans machisme, plus paritaire, plus respectueux, plus libre, laissant plus de place à la sensibilité et à la créativité.

— C'est une très bonne idée, ça me parle. Nous allons essayer d'y contribuer, en faisant au mieux.

— Je suis contente que tu le prennes si bien, se réjouit Jade. Je craignais que tu résistes à cette idée, ou qu'elle te choque.

— Non seulement je ne suis pas choqué, mais je n'ai aucune intention d'y résister, assure Victor. Je sais trop bien qu'il est temps pour nous de changer, et que nous devons éduquer nos garçons très différemment de la façon dont nous avons été éduqués nous-mêmes par nos pères. Alors, c'est le moment de passer à l'action, de mettre nos idées en pratique.

Un petit son de cloche annonce l'arrivée d'un texto. Victor prend son blouson sur le fauteuil et sort son portable d'une de ses poches.

— Tiens, tes parents arrivent. Ils cherchent une place. Ils sont allés super vite.

— Ils n'ont pas perdu de temps ! Embrasse-moi avant qu'ils soient là, réclame Jade, charmeuse. Ils ne vont pas nous laisser tranquilles de sitôt.

— Tout de suite, s'amuse Victor, en se penchant vers elle pour l'embrasser. Bon, chérie, je te laisse te reposer un moment, je vais téléphoner à ma sœur.

D'un pas alerte, Victor sort de la chambre et descend joyeusement dans le jardin de la maternité.

— Allô, sœurette, tu vas bien ? s'enquiert-il dès que Diane décroche.

— Coucou, frérot. Attends, je suis dans le train, je vais aller sur la plateforme.

— Tu vas où ?

— Je rentre de Paris.

— De Paris ?

— Oui, j'y étais pour quelques jours. J'ai trouvé des acquéreurs pour notre appartement de Boulogne. Tu ne vas pas me croire, c'est un jeune couple avec une petite fille.

— Pas possible ! lance Victor en exagérant gracieusement son étonnement.

— Si, si. J'avais l'impression de nous revoir, Loïc et moi, il y a quelques années, avec la même naïveté, les mêmes illusions, les mêmes espérances aussi. Ils sont jeunes, ils feront leur chemin…

— Tu as pu voir les parents ?

— Oui. Ils vont bien. Ils s'inquiètent pour moi, pour nous trois. Ils ne comprennent pas qu'on aille « loin de tout », « au bout du monde », comme ils disent. Enfin, tu les connais. Pour eux, en dehors de Paris, tout est un désert sans vie ou une jungle dangereuse, mais c'est plutôt Paris qui est une vraie jungle, où chacun se bat pour survivre et s'épuise jour après jour !

— Tu ne regrettes pas ton choix de vivre à la montagne ?

— Pas du tout, nous sommes enchantés tous les trois, même si nous sommes conscients que ce sera difficile, par moments, comme pour tous les autres qui sont dans ce type de démarche. Même à Auroville, la ville idéale des amoureux de l'Inde, ce n'est pas facile tous les jours, il y a des malentendus, des conflits, des déceptions.

— Bon, génial. J'en suis ravi pour vous. Je vous souhaite vraiment le meilleur.

— Merci !

— Je suis sincère.

— Tiens-toi bien, Yvonne et Gérard parlent de venir s'installer avec nous dans notre écovillage, continue Diane.

— C'est vrai ?

— Oui. Ils ont l'air très sérieux. Surtout Gérard. Il ne veut pas rester en ville. En vieillissant, il ne supporte plus le bruit, l'agitation et toutes les formes de pollution. Il est convaincu que l'air vif du Jura leur fera le plus grand bien. Il a demandé à Loïc de préparer les plans d'une maison de plain-pied, très fonctionnelle, avec une douche à l'italienne, pour qu'Yvonne puisse s'y déplacer facilement et s'y sentir bien. Il nous aidera aussi à acheter le terrain. Il croit sincèrement à notre projet écolo… Et devine ce qui l'a le plus touché ?

— Je donne ma langue au chat.

— La vie communautaire ! Les repas ensemble, les réunions, les activités en commun, les fêtes partagées et la surveillance commune des enfants. Nous pourrons nous occuper d'Yvonne aussi. Le matin, elle verra une aide-soignante ou une infirmière, parfois le kiné ou l'orthophoniste, et l'après-midi, à tour de rôle, nous passerons du temps avec elle.

— Et quand est-ce que vous travaillerez, dans tout ça ? plaisante Victor.

— Nous aurons du temps pour créer, jardiner, cuisiner. Tu sais bien que Gérard est un vrai cordon-bleu ! Il promet de nous régaler régulièrement. Nous allons faire pousser des légumes, des fruits et des plantes médicinales. Nous aurons même des ruches ! Pavel et Ivana vont créer une petite coopérative de santé.

— Eh bien, c'est formidable ! Je vois que vous débordez d'idées.

— Oui, ça fuse de tous les côtés. Et toi, alors, comment vas-tu ?

— Je vais super bien. Je suis le plus heureux des hommes ! s'exclame Victor. Figure-toi que je suis papa !

— Non ? C'est trop chouette… Jade a accouché ?

— Oui, cet après-midi, c'est tout frais. Tout s'est très bien passé et nous avons un petit Félix. Il est radieux.

— Ouah, je suis trop contente pour toi.

— Oui, moi aussi, je suis vraiment content !

— Félix, quel joli prénom ! Et comment se porte Jade ?

— Elle va bien, très bien même. Elle est comblée.

— Tu m'enverras des photos ?

— Oui, bien sûr, dès que je serai remonté… Tu auras mes beaux-parents en prime. Ils étaient sur le point d'arriver quand je t'ai appelée.

— Fabuleux ! Merci, Victor.

— Bonne fin de voyage, Didi, et bonne soirée.
— Vous aussi. Je t'embrasse.
— Gros bisous.

*

« Une naissance sereine, libre et épanouissante est le premier pas indispensable pour changer le monde. Accoucher à domicile est un droit fondamental, celui de disposer de son corps, celui de choisir où et avec qui donner naissance, celui d'offrir un départ serein à nos enfants. »
APAAD

Les associations comme l'Association professionnelle de l'accouchement accompagné à domicile (APAAD) regroupent des sages-femmes qui accompagnent les naissances à domicile, ainsi que des professionnels de santé et des juristes.

Quelques conseils…
La première chose à faire si vous envisagez d'accoucher à domicile est de trouver un professionnel de santé pour vous accompagner.
Posez toutes les questions que vous avez en tête et n'oubliez pas d'aborder l'éventualité d'un transfert médical, si les choses ne se déroulaient pas comme prévu, par exemple en vous inscrivant à la maternité la plus proche de chez vous.
Pour vous préparer, vous pouvez suivre une formation à l'accouchement naturel en vous renseignant concrètement sur les différentes phases

physiques, mais aussi émotionnelles, les positions qui peuvent soulager la douleur pendant le travail et à quoi s'attendre après l'accouchement.

Demandez à votre sage-femme de vous donner une liste du matériel à prévoir.

24

Morteau, un an plus tard, chez Stéphane

— Salut, les amis ! Vous avez fait bonne route ?

— Oui. Désolé pour le retard, s'excuse Victor. Nous avons été ralentis à la frontière.

— Ce n'est rien. Vous arrivez au bon moment, nous allons pouvoir nous mettre à table.

— Parfait, je meurs de faim !

— Coucou, Jade !

— Hello, Steph !

— Voici une maman épanouie.

— Oui, je me surprends moi-même, s'amuse Jade en l'embrassant ; et dire que je ne voulais pas d'enfant...

— Comme quoi, tout est possible. Te voilà, Félix. Tu es encore plus beau qu'en photo !

— Comme nous tous...

— Ce n'est pas faux.

— Je vais d'abord le faire déjeuner, le prévient Jade. Il est affamé.

— Bien sûr. Allons tout de suite à la cuisine réchauffer son plat, propose Stéphane.

— D'accord. Mes parents ont préféré rester à Anvers. Ils s'en excusent auprès de toi. Papa est très fatigué en ce moment, poursuit Jade.

— Je comprends, pas de souci.

— Julien et Nassim arrivent. Ils sont dans les parages.

— Génial. Tout le monde va être là, je suis ravi !

— Merci d'avoir organisé cette rencontre, Stéphane. Cela fait bien longtemps qu'on ne s'est pas vus. Gérard et Yvonne seront avec nous ?

— Pour le dessert seulement. Les grands repas sont trop longs pour Yvonne.

— Comment va sa santé ?

— Plutôt bien, elle se maintient. Elle s'est bien adaptée, et Gérard semble revivre. Ils sont bien entourés, ça fait chaud au cœur.

Pendant qu'ils entrent dans la maison, Loïc et Diane s'approchent de Victor pour le saluer.

— Alors, le Gantois, heureux ? demande Loïc, en lui donnant une tape amicale dans le dos.

— Très heureux, oui, super heureux, surtout grâce à Félix ! Un merveilleux galopin, celui-là, s'extasie Victor. C'est vrai qu'habiter à Gand change aussi notre vie. Gand est une ville épicurienne, originale, branchée, à taille humaine. Les Gantois sont ultrasympathiques et très accueillants. Leur réputation n'est pas usurpée. On retrouve le même art de vivre qu'aux Pays-Bas, la même vie qui coule tout en douceur, avec un tas de possibilités culturelles. Et pour Jade, ce sera fabuleux lorsqu'elle voudra reprendre le travail, car Gand est un centre de pointe en biotechnologies. En plus, ça nous rapproche d'Anvers. Tu vois, on y gagne sur tous les plans. Quant à moi, je suis ravi d'avoir changé d'environnement de travail.

— Tes nouveaux confrères sont bien ? l'interroge Diane.

— Oui. Rien à voir avec les précédents. Nous partageons tous les mêmes valeurs humanistes et écologiques. Il n'y a que des praticiens en médecines douces. Nous sommes au service de chaque patient, considéré comme une vraie personne, accueilli dans son intégralité, dans le respect de sa singularité. Nous soignons des individus complets, pas seulement des organes ou des maladies. Nous sommes vraiment en phase, et ça change tout.

— C'est clair.

— Je m'éclate, maintenant, et je suis beaucoup moins fatigué.

— Eh bien, ça se voit, tu es rayonnant, reconnaît Diane, contente pour son frère.

Ils s'asseyent tous les trois autour de la grande table, dressée de façon festive pour le repas. Un peu plus loin, Maëva s'amuse avec Olga.

— Et pour vous, s'enquiert Victor, comment se passe votre nouvelle vie à la montagne ?

— Pour nous aussi, c'est fabuleux. Le quotidien au hameau se déroule dans une succession de petits bonheurs, de découvertes, de rebondissements, d'ajustements permanents. On ne peut pas s'ennuyer et on apprend beaucoup. On ne voit plus les choses comme avant.

— Par exemple ?

— La convivialité, répond Loïc sans hésiter. On a créé une fête des voisins, qui aura lieu chaque année. Depuis, on a même mis au point un marché chaque semaine pour tout le secteur. Cela nous permet de faire du troc de fruits, de légumes, d'œufs, de miel et d'autres produits de nos jardins ou de nos ateliers. Il y a même de nouvelles personnes qui viennent de loin. On fabrique tous nos jouets en bois ou avec de vieux tissus. La surveillance commune des enfants s'est élargie au voisinage. Sincèrement, c'est géant ! Il y a une bourse aux vêtements et aux livres une fois par mois. On est en train de mettre en place une monnaie locale. La municipalité commence à s'intéresser à notre projet. Bref, on ne chôme pas. C'est très amusant, très chaleureux aussi.

— C'est tellement convaincant que je vais réaliser un documentaire, complète Diane. Un documentaire sur les écovillages de la région, de tout le nord de la France et de la Belgique. Un film pour montrer à d'autres que c'est possible, que chacun de nous a tout à y gagner, et qu'il est temps d'opter de plus en plus largement pour ce nouveau modèle de société, qui s'appuie sur la fraternité, la sororité, le choix de bien vivre ensemble.

— Absolument. Avant, j'étais dans une recherche de plus de confort et même de plus de luxe, donc de plus d'argent, de succès et de reconnaissance, confie Loïc. C'était une quête épuisante, sans fin, qui me rendait malheureux. Je m'étais fermé. J'étais tout le temps stressé, très centré sur moi, sur ce qui était matériel, sans même m'en rendre compte. Maintenant, je fais des choix différents, en faveur des autres, de notre communauté, de notre santé, de notre équilibre à tous, de notre bonheur commun. C'est tellement plus épanouissant !

— On en a la preuve avec les ruches, poursuit Diane, enthousiaste. Depuis qu'on a planté des fleurs et des arbustes mellifères, on a beaucoup plus d'abeilles et de papillons. Surtout, grâce à nos ruches inspirées de la nature, elles vivent en harmonie avec leur environnement, et entre elles. C'est une de nos grandes réussites. Les enfants des écoles viennent les visiter…

Julien et Nassim sont arrivés. Radieux, ils s'installent autour de la table.

— Bienvenue aux jeunes mariés ! lance Ivana avec entrain, informée par Stéphane de leur récent mariage à Anvers. Toutes mes félicitations !

L'ambiance est de plus en plus festive. Assistés d'Olivier, présent au gîte depuis quelques jours, Ivana et Pavel ont pris en charge la préparation complète du repas, pour décharger Stéphane. Tous les trois posent sur la table des salades variées, avec des légumes de saison.

— Tout ce que nous allons manger provient directement des jardins du hameau, annonce Stéphane, qui revient avec Jade et Félix. Et de mon verger, pour le dessert.

Pendant le repas, Ivana explique à Nassim et Julien qu'ils cultivent des plantes aromatiques et médicinales en agriculture biologique et biodynamique. Il ne s'agit pas seulement de prendre soin des plantes, leur explique-t-elle avec passion, mais aussi de la terre. Comme nous, la terre a besoin d'être bien nourrie et de se reposer.

Au début, ils auraient voulu produire des compléments alimentaires, puis ils se sont rendu compte qu'ils préféraient commercialiser directement les plantes pour faire des infusions, sans gélule, sans boîte, seulement dans des sacs en papier, faciles à recycler.

— Nous sommes en train d'installer un alambic pour préparer des huiles essentielles et des hydrolats de fleurs ou de feuilles, ajoute Pavel. Stéphane sera notre premier partenaire…

— Des hydrolats ? questionne Nassim, qui ne connaît pas ce mot.

— Des eaux florales, comme l'eau de rose ou l'eau de fleur d'oranger.

— Ah, oui, d'accord.

— Je pense que ça va vraiment lancer notre activité. Nous les vendrons sur les marchés locaux et sur Internet. Nous avons trouvé des partenaires de la région pour fabriquer des flaconnages en verre, ou en plastique recyclable, confectionnés à partir des déchets en plastique collectés directement dans les cours d'eau.

— C'est formidable.

— Nous proposerons des ateliers de cosmétique naturelle, pour fabriquer tous les produits de la famille à la maison, comme le font déjà Diane et Maëva avec Ivana pour le village.

Admiratifs, Julien et Nassim se montrent très intéressés.

— Nous ferons partie de vos clients par correspondance, glisse Julien, en passant le plat à Diane, assise à côté de lui. J'adore les huiles essentielles, et nous en utilisons régulièrement pour nous soigner ou parfumer notre appartement.

— Ah, c'est sympa, merci. Et vous, alors, où en sont vos projets ?

— Ils se sont recentrés sur la Belgique.

— Pas d'école à La Haye ?

— Finalement, non.

— Zut, c'est dommage.

— Oui, peut-être, mais c'était trop ambitieux pour mes moyens, et, surtout, Nassim se forme à Bruxelles pour devenir ostéopathe… Enfin, étiopathe, pour être plus précis, ajoute Julien en regardant son mari.

— Qu'est-ce que c'est ?

— L'étiopathie est une approche systémique du corps humain. Le praticien cherche l'origine de la douleur ou de la maladie, en étudiant l'intégralité des systèmes (articulaire, musculaire, respiratoire, digestif), et la manière dont ils interagissent entre eux, explique Nassim avec beaucoup de conviction. Pour traiter la pathologie, il agit sur la zone douloureuse, mais également en amont. Selon cette approche, le corps est un tout. Il est nécessaire de remonter à la source d'un déséquilibre ou d'un problème de santé pour soulager tous les symptômes qui en découlent.

— Nous allons donc rester en Belgique, complète Julien. Ce sera très bien comme ça. Nous serons encore plus près de mes parents, qui adorent Nassim, et de Jade et Victor, à Gand.

— Toi, qu'est-ce que tu vas faire ? demande Pavel.

— Je vais ouvrir une galerie d'art à Anvers, pour exposer les œuvres de ma mère, Lina, et d'autres femmes artistes engagées, complètement en dehors des circuits financiers de l'art contemporain. Je voudrais aussi animer des ateliers de création libre et d'expression de soi pour les enfants, les adolescents, les étudiants, souvent trop seuls. Cela me semble essentiel de redonner une vraie place à l'art dans nos vies au quotidien. Je crois que nous avons fondamentalement besoin de beauté pour être heureux.

Au moment du dessert, Yvonne et Gérard les rejoignent, ovationnés par la tablée qui les entoure d'affection. En dégustant le framboisier préparé par Ivana, Gérard donne quelques nouvelles du hameau, raconte avec truculence leur installation en la rendant rocambolesque, affirme leur bonheur d'y habiter, puis, avec plus de gravité, il révèle, les yeux humides :

— Nous qui n'avons pas pu avoir d'enfant, être avec vous tous est une joie immense, jour après jour.

Vous ne pouvez pas imaginer quel bonheur c'est, pour nous, d'être avec vous. Vous êtes devenus notre famille, nos enfants et nos petits-enfants, et nous vivons ensemble, quelle merveille ! C'est le plus beau cadeau que la vie nous ait offert.

Yvonne, qui ne perd pas une miette des échanges autour d'elle, hoche la tête en signe d'assentiment. Un peu plus tard, tout sourire, Gérard demande comment chacun contribue concrètement à créer un monde meilleur.

Victor se lance sans trop réfléchir.

— Je cuisine sans sucre, sans lactose et sans gluten. J'ai mis au point de nouvelles recettes que je partage avec mes proches, avec mes patients, pour rompre notre addiction au sucre, qui est encore l'un des plus grands fléaux sanitaires de la planète.

— Je parle avec mes amis, poursuit Jade d'une voix douce. Nous discutons avec franchise, nous partageons nos idées, nous nous aidons pour trouver des solutions ensemble. J'essaie de mettre mon souhait de solidarité en pratique.

Stéphane opine de la tête en écoutant Jade, puis il prend le relais.

— Je crée mes propres conditions de vie et de travail. Je propose des prix justes. J'utilise des couleurs au quotidien, j'embellis l'auberge et le jardin. Je vois ce qui va bien, je savoure les petits bonheurs…

Olga tranquillement assise sur ses genoux, Ivana confirme que cela correspond à ce qu'elle essaie, elle aussi, de mettre en pratique au jour le jour. Sobrement, Olivier annonce qu'il arrive à pratiquer la communication non violente dans de nombreuses situations, et qu'il a même commencé à animer des ateliers sur les émotions pour mieux la faire connaître.

— Loïc, Maëva et moi, nous avons adopté une alimentation bio, nous nous approvisionnons auprès de petits producteurs du voisinage pour tout ce que nous ne pouvons pas produire nous-mêmes, explique Diane, convaincue.

— Nous avons recours au covoiturage aussi souvent que possible, poursuit Loïc. D'ailleurs, il n'y a plus qu'une seule voiture et une camionnette pour l'ensemble du hameau. Nous faisons tous les autres trajets à pied ou à vélo, et ça se passe très bien.

— Ivana et moi, nous avons réellement dit adieu au passé, confie Pavel ; ça n'a pas été facile.

— Comme je vous comprends, prononce Gérard avec gravité, en prenant la main d'Yvonne. Dire adieu au passé est la seule façon d'aller de l'avant.

Personne ne le contredit, car, au fond de son être, personne ne regrette le monde d'avant, aussi ardue que puisse être la création du monde auquel ils aspirent.

À l'autre bout de la table, Victor constate la puissance avec laquelle cette expérience a transformé Pavel. D'ailleurs, elle les a tous transformés. Il regarde Félix avec tendresse, puis Jade, pour qui il ressent une immense gratitude et tant d'amour, car c'est elle qui a fait entrer Olga, Ivana et Pavel dans leurs vies, un soir de crise. Pour lui, cet événement inattendu a marqué le début d'une évolution qu'il repoussait sans cesse à plus tard. Ainsi, ils se sont retrouvés dans une intimité qu'ils avaient désertée. Ils se sont rapprochés de Stéphane, dont la générosité candide a su apaiser les angoisses de Pavel et les inquiétudes d'Ivana. Son gîte est devenu le lieu de rassemblement de leur petite communauté d'aujourd'hui, qui a fait naître l'écovillage, a inspiré la venue de Diane et Loïc, puis celle d'Yvonne et Gérard, engendrant toute une cascade de bonnes surprises et d'effets favorables. Alors, conscient de l'importance de ces pensées, il prend la parole pour leur raconter leur histoire, l'histoire des mille battements d'ailes, afin qu'elle s'inscrive en eux, telle une mémoire bienfaisante et devienne la légende fondatrice de leur participation à la création d'un monde nouveau.

Après l'avoir écouté, dans un élan de liesse, tous lèvent leurs verres avec enthousiasme. Ils portent un toast à leurs projets, aux enfants nés et à naître, à la nature qui berce et nourrit, à l'amitié qui relie, à l'amour qui transfigure et à la joie qui transporte, goûtant à quel point le bonheur est contagieux.

Oui, le bonheur est contagieux !

*

Les plantes mellifères sont vitales pour l'équilibre de la flore et de la faune de nos pays. Elles attirent les abeilles et les insectes butineurs, car leurs fleurs contiennent du nectar et du pollen, assurant la nourriture ainsi que la reproduction de ces insectes. En récoltant du nectar et du pollen, ceux-ci visitent de nombreuses fleurs, favorisent la pollinisation, donc la reproduction des plantes, puis la production des fruits et des légumes que nous mangeons.

Épilogue

Anvers, la même année

Chaque fois qu'elle le peut, Jade vient trouver du réconfort auprès des siens, toujours heureuse de savourer l'ambiance douce et chaleureuse qui règne dans la maison de son enfance, ainsi que la sollicitude empreinte de tendresse de ses parents. Ce sentiment s'est encore renforcé à la naissance de Félix, comme si elle souhaitait, plus ou moins consciemment, que son enfant profite, lui aussi, des bienfaits de la famille dans laquelle elle a grandi.

Un peu surpris au début, Victor a compris l'importance de ces retrouvailles régulières pour sa compagne et s'y est progressivement accoutumé ; ils viennent passer les fins de semaine chez ses beaux-parents et lui-même apprécie à son tour une qualité d'affection qu'il n'a pas ou peu connue avec ses parents.

Lors de sa visite précédente, Lina a pris le temps de révéler à sa fille son secret de naissance : Jade est née sous X, à Bruxelles, et le jour même, elle a été adoptée par Maurice et par elle. Étourdie par ce qu'elle a entendu, Jade a posé quelques questions évasives sur sa naissance, sans réussir à s'y intéresser véritablement.

Sur le coup, Jade a minimisé l'importance de cette révélation, assurant sa mère de toute sa compréhension. Elle a même prétendu qu'elle n'était pas étonnée, au fond, car elle s'en doutait. Pour elle, cela expliquait la préférence évidente de ses parents pour Julien. Était-ce une façon de donner le change ? de reprendre sa respiration ? de se laisser le temps d'encaisser la nouvelle ?

Cependant, une fois qu'elle s'est retrouvée seule, à Gand, Jade s'est sentie chuter vertigineusement dans un gouffre sans fond, envahie par un sentiment d'absurdité phénoménal, comme si tout perdait brusquement son sens et que ses repères avaient volé en éclats. Elle était sans élan, privée de son énergie vitale et de son enthousiasme habituel, délaissant curieusement Félix, ne se cantonnant qu'aux gestes nécessaires pour assurer ses soins et son alimentation. Ce désintérêt soudain l'interpellait, sans qu'elle puisse rien y changer. Jade laissait même sonner son téléphone dans le vide, quand ses parents ou son frère l'appelaient, privée de l'envie d'écouter leurs messages, de leur donner suite ou de répondre à leurs textos.

— Tu n'es pas trop perturbée par ce que je t'ai appris la fois dernière ? s'enquiert Lina, lorsqu'elle se retrouve seule avec sa fille, la semaine suivante.

— Si, bien sûr que je suis perturbée, s'insurge Jade, explosant malgré elle. Forcément ! Comme je te l'ai déjà dit, j'aurais aimé le savoir plus tôt. Je ne vous aurais pas vus de la même façon. J'aurais pu considérer autrement votre relation avec Julien et mieux la comprendre, sans croire que cela venait de moi, de mon caractère. J'aurais moins craint de ne pas être à la hauteur, moins peur que vous puissiez me rejeter.

— J'en suis sincèrement désolée, s'excuse Lina, profondément affectée par les propos de sa fille et envahie par les regrets. Je n'arrivais pas à me résoudre à te parler. Je repoussais sans cesse ce moment. Je crois aussi que je craignais ta réaction. Et Maurice ne souhaitait pas le faire lui-même tant que je ne me sentais pas prête à te l'annoncer.

Jade laisse échapper un soupir sonore, sans prononcer le moindre mot. Félix, qui joue un peu plus loin sur le tapis en gazouillant, la regarde avec de grands yeux, puis se rapproche d'elle et lui demande un câlin. Sa mère le pose sur ses genoux. Le petit garçon se cale contre elle et suce son pouce.

— Vous auriez préféré ne pas avoir d'enfant si tôt ? s'inquiète Jade, tout à coup.

— Nous ne nous sommes pas posé la question, assure Lina. Cela ne nous a pas effleurés. Tout est allé très vite, si vite ; si tu savais ! Nous devions prendre notre décision sans tarder. L'élan du cœur a été le plus puissant.

— Quel élan ?

— Celui de ne pas laisser abandonner un bébé sans rien faire, sans agir pour le protéger. Celui de lui offrir une famille pour s'en occuper dignement. Tu es réellement un cadeau de la vie pour nous deux !

— C'est vrai ? s'étonne Jade, incrédule.

— Oui, ma chérie, insiste Lina, c'est vrai. Je le pense, nous le pensons, assurément.

— Ça a changé votre vie ?

— Oui, évidemment, tu as changé notre vie ! s'exclame sa mère. Maurice et moi, nous étions ensemble comme deux étudiants insouciants, qui vivent au présent sans se poser la moindre question. Nous ne savions même pas si nous allions continuer notre vie ensemble, si nous souhaitions devenir parents. Tu as été notre plus belle surprise.

Troublée, Jade écoute attentivement en regardant dans le vague.

— Et Julien ?

— Julien a été une grande joie, pas une surprise, car nous avons choisi d'avoir un enfant quelque temps après ta venue, pour que tu ne grandisses pas toute seule.

— Pas pour vous ?

— Pour nous aussi, mais surtout pour toi, pour vous deux, pour vos jeux, vos discussions. Nous avons bien fait, car Julien et toi, vous êtes la plus belle chose qui nous soit arrivée, sans hésitation.

Jade détourne la tête, essuie des larmes qui coulent sur ses joues, se lève, repose Félix sur le tapis. Celui-ci avance à quatre pattes pour explorer autour de lui.

— C'est étonnant, confie-t-elle, alors que je vais si bien, je me sens triste, ou plutôt nostalgique, un sentiment de ce genre-là. J'ai si peur de vous perdre. Je ressens profondément le besoin de venir vous voir le plus souvent possible, de passer du temps avec vous, de baigner dans votre chaleur.

— Oh, tant mieux ! Tu es la bienvenue, tu peux venir quand tu le veux, lui assure Lina. C'est un immense bonheur pour nous de t'accueillir chez nous - chez toi.

— Merci, Mamounette. Merci, ça me fait du bien de t'entendre me le dire.

— Avec joie, ma jolie, répond Lina avec une grande douceur. Ton père et moi t'aimons de tout notre être.

— Moi aussi, je vous aime.

Les deux femmes se lèvent en même temps et se serrent longuement dans les bras. Lina caresse le dos de sa fille et la berce doucement, comme une enfant.

— J'ai commencé une thérapie, poursuit Jade. Cela faisait longtemps que j'y pensais, et là, avec ce que tu m'as appris, c'est devenu évident pour moi.

— Tu fais bien de prendre soin de toi. C'est une bonne chose.

— Et je me suis déjà aperçue que j'ai tendance à me couper du bonheur, à me l'interdire.

— Oh...

— En réalité, j'ai peur de trop souffrir ou, bizarrement, de faire souffrir les autres. Cela m'encombre beaucoup. Cela me freine, même dans ma façon de me comporter avec Victor. Je me retiens, je plaisante, je le garde à distance. Je ne lui dis pas assez souvent que je l'aime. Je reste en recul. Je n'exprime pas mes joies et mes satisfactions, pour faire sentir indirectement mon mécontentement.

— Ton mécontentement ?

— Une colère de fond, oui, une rage, une révolte. Une sorte d'ennui fondamental, aussi, d'insatisfaction permanente, mais je suis en train de comprendre que c'était certainement lié à ma naissance.

— Oui, tu as sans doute raison, reconnaît Lina, en hochant la tête.

— Alors, j'en ai oublié que les autres peuvent se tromper ou qu'ils ont des défauts. Je croyais qu'ils étaient contre moi, qu'ils ne m'aimaient pas, que j'étais incomprise.

— Tu te rends compte jusqu'où ça peut aller ? s'étonne Lina avec sincérité.

— Oui. Je t'assure que je ne le faisais pas exprès. Je ne cherchais pas à me poser en victime, ça se passait à mon insu.

— Bien entendu, je te crois !

— Rien que ce trait de caractère, si j'arrive à l'alléger ou à m'en libérer, cela changera profondément ma vie et ma relation avec Victor, avec Julien, avec vous.

— Avec Félix, aussi, et c'est lui qui compte le plus, aujourd'hui. C'est lui qui représente le monde de demain. C'est en lui et dans les autres enfants que Maurice et moi mettons tous nos espoirs.

— Oh, Maman, tu crois vraiment que le monde va changer ?

— Oui, je le crois, ma perle, oui. Cela semble peut-être long à se mettre en place, mais le monde d'après est en train de naître, grâce à toi, grâce à nous, grâce à nos amis. Il est peut-être même déjà né, qui sait ? Et nous ne nous en rendons pas encore compte.

— Pourvu que ce soit vrai !

— Ce qui importe le plus, c'est de garder vive en nous la flamme de la confiance, de l'espérance, et cette faculté de ne pas nous contenter de peu, donc de douter, de nous, de nos pensées, de nos actes, de ne rien affirmer de définitif et de continuer à évoluer, ensemble.

— Tu te mets à philosopher, comme Papa, observe Jade, en riant de bon cœur.

— Oui, tu vois, cela m'arrive aussi, concède sa mère, se laissant gagner par le rire de sa fille. Tiens, Nassim et Julien reviennent avec Maurice. C'est formidable !

— Vivement que Victor arrive, lui aussi, ajoute Jade, avec une impatience visible.

— Oui, quelle joie ! lance Lina en se relevant. Lorsque vous êtes là, tous ensemble, nous sommes au paradis.

— Alors, Félix porte bien son nom, Mamounette, car il est le fruit du paradis, le fruit de votre amour, de notre amour, de notre capacité à nous aimer et à vivre ensemble.

Annexes

Certains auteurs qui ont inspiré ce récit

Carole Babin-Chevaye est architecte de formation. Elle a longtemps travaillé dans les services de communication de grandes banques. Chemin faisant, elle a souhaité utiliser ses talents pour servir des causes plus justes, comme celles de l'intelligence collective et de la création de liens féconds. À la faveur du premier confinement, elle rejoint la Ferme du château. Là, aux côtés de Didier de La Porte, ingénieur agronome, maraîcher et astronome, elle découvre une autre façon de vivre dans la nature, pour et avec la nature. La Ferme du château est située à Villerville, dans le Calvados, en Normandie.

Cyril Dion est écrivain, réalisateur, poète et militant écologiste. Après des études de théâtre et une brève carrière de comédien, il fonde le mouvement Colibris, une association écologiste qui œuvre pour une transition énergétique et pour la protection de l'environnement. Il coréalise le documentaire *Demain*, avec Mélanie Laurent, sorti en 2015. Le film recense plusieurs pratiques écologiques pour faire face aux défis environnementaux, dans différents pays. En 2018, il publie *Petit Manuel de résistance contemporaine*, dans lequel il revient sur sa lutte contre le réchauffement climatique et pour la préservation de la biodiversité. Ces dernières années, en rencontrant d'éminents biologistes, climatologues, philosophes, économistes et activistes, il cherche à comprendre pourquoi les espèces disparaissent, pourquoi le climat se dérègle et, surtout, comment inverser la tendance en rétablissant une cohabitation harmonieuse entre les êtres humains et l'ensemble du vivant.

Charles Eisenstein est un philosophe américain, qui nous invite à changer de mode relationnel, à cesser de nous comparer et de lutter les uns contre les autres pour coopérer à tous les niveaux, en créant une nouvelle économie, plus solidaire, et en passant plus de temps avec nos proches. En dehors des traumatismes graves, des catastrophes ou des maladies mortelles, un grand nombre de perturbations invisibles peuvent découler de l'idéologie du succès à tout prix, dans laquelle beaucoup d'entre nous ont été élevés, et se sont souvent laissé enfermer. Si nos blessures et nos conditionnements sont reconnus, nous pouvons en retirer une profonde sagesse, qui nous permet de réorienter notre existence vers plus d'harmonie avec la nature et de coopération avec les autres.

Eugene Gendlin (1926-2017) est un psychologue et philosophe américain, qui a enseigné à l'université de Chicago de 1964 à 1995. Son travail philosophique porte en particulier sur l'expérience de la complexité implicite. Les applications de cette « philosophie de l'implicite » ont été importantes dans de nombreux domaines, notamment en psychothérapie, grâce à ce qu'il a appelé le Focusing. Le Focusing requiert une attention focalisée sur les ressentis, pour repérer ce qui est encore flou, vague, donc implicite, dans notre façon d'interagir avec notre environnement. Cette dimension floue de l'expérience est appelée « sens perçu ». Se focaliser sur ce qui est ressenti favorise un processus de clarification en profondeur, qui permet de constater que le corps est fiable et de s'exprimer avec précision.

Peter Levine est un psychologue, biologiste et éthologue américain, inventeur de la Somatic Experiencing, ou « expérience somatique ». Il découvre que le système nerveux autonome répond au danger avant le cerveau. Les traumatismes et le stress sont des expériences viscérales qui entraînent des symptômes physiques. Nous ne pouvons donc pas les traiter en nous contentant d'en parler ou d'y réfléchir. En utilisant les techniques de l'expérience somatique, nous pouvons aider notre système nerveux à développer les réponses d'autoprotection qui n'ont pas été accomplies, car elles sont restées bloquées. L'expérience somatique permet de traiter de manière globale les symptômes du traumatisme. Il s'agit d'une approche centrée sur le corps qui permet une guérison profonde.

Bruce Lipton est un chercheur américain en biologie cellulaire, pionnier de l'épigénétique, grand vulgarisateur des avancées proposées par la physique quantique. Cette approche permet de mettre en évidence que nous sommes tous reliés. L'influence de l'astrologie sur le comportement humain a été écartée par les croyances issues de la physique conventionnelle, pour laquelle la matière et l'énergie sont séparées. Cependant, la physique quantique nous apprend que l'Univers est composé uniquement d'énergie, et que toutes les énergies sont interconnectées, donc exercent une influence les unes sur les autres. Par ailleurs, l'épigénétique est une branche de la biologie qui étudie la nature des mécanismes modifiant de manière réversible, transmissible et adaptative l'expression des gènes. Science en plein développement, elle dément la « fatalité des gènes ».

Marshall Rosenberg est docteur en psychologie clinique, créateur d'un processus relationnel appelé « communication non violente » – CNV en abrégé –, ou encore « communication bienveillante », au Canada. Il a été inspiré par Carl Rogers et Gandhi. Au-delà de la méthodologie (voir encadré ci-après), la CNV propose une attitude, un chemin de vie qui bouleverse les paradigmes et permet un nouveau langage avec lequel chacun peut se donner le maximum de chances de vivre au mieux ses relations.

Marshall Rosenberg laisse derrière lui le réseau mondial de la CNV, qui agit pour diffuser ce processus vecteur de changement social et de paix.

La communication non violente
ou communication consciente

Il s'agit d'une méthode de communication, mais surtout d'un art de vivre dans l'authenticité pour développer la qualité de chacune de nos relations. Elle invite à communiquer en respectant les ressentis, les besoins et les valeurs de chacun.

J'observe les faits

Je parle à la première personne. Par exemple :

— « J'ai vu Antoine prendre le train » ;

— « J'ai entendu Monique parler de son travail » ;

— « Je sens un courant d'air dans cette pièce ».

J'évite interprétations et jugements

Nous ne pouvons pas savoir à la place des autres. Il vaut mieux dire :

— « Chantal sourit », plutôt que « Chantal est sympathique » ;

— « Je ne comprends pas ce que tu me dis », plutôt que « Tu es incompréhensible » ;

— « Je ne suis pas sûr que cela lui corresponde », plutôt qu'« Elle va encore râler » ;

— « C'est la deuxième fois que tu arrives en retard », plutôt que « Tu es incorrigible ».

J'écoute mes ressentis

Où cela se passe-t-il concrètement dans mon corps ? De quelle façon ?

Je prends le temps de percevoir mes sensations corporelles, de repérer mes émotions et mes sentiments, avant de les exprimer de façon sincère et personnelle.

J'identifie mes besoins

Boire, manger, me reposer, me détendre, me soigner, parler, me confier, être en relation, être respecté, reconnu, etc. Intégrité, indépendance, accomplissement, lien, partage…

Pour éviter de m'enfermer ou d'enfermer l'autre dans mes exigences, je dis : « J'ai besoin de quelque chose », et non « Je veux que tu » ou « Il faut que tu ».

Bien entendu, les autres aussi ont des besoins !

Je pose une question claire

Au préalable, je clarifie mes intentions : qu'est-ce que je souhaite réellement ?

Puis j'explicite une demande personnelle concrète, réaliste et réalisable, relative, négociable, circonstanciée, formulée au présent.

J'accepte la réponse de l'autre

Mon interlocuteur est un allié. Je privilégie la relation et la communication avec lui. Je fais preuve de patience et de délicatesse.

La CNV me permet de parler vrai, de cultiver la bénévolence, l'empathie et la gratitude, tout en m'affirmant avec précision dans la douceur.

Concrètement, j'applique la séquence OSBD : observation, sentiment, besoin, demande, et j'aide mon interlocuteur à procéder de la même façon.

Quelques livres pour aller plus loin

BABIN-CHEVAYE Carole, *Cheminer avec le vivant. Dialogue avec Didier de La Porte*, Leduc, 2021.

BOHLER Sébastien, *Où est le sens ?*, Robert Laffont, 2020.

DION Cyril, *Animal. Chaque génération a son combat*, Actes Sud, 2021.

EISENSTEIN Charles, *Notre cœur sait qu'un monde plus beau est possible*, Jouvence, 2020.

HOLLANDER-LAFON Magda, *Demain au creux de nos mains*, Bayard, 2021.

HONORÉ Carl, *Éloge de la lenteur*, Marabout, 2013.

Leroux Alexandre, *En transition douce vers la décroissance*, Ulmer, 2021.

Lipton Bruce, *L'Effet lune de miel*, Ariane, 2013.

Lipton Bruce, *Biologie des croyances*, Ariane, 2016.

Loreau Dominique, *L'Art de l'essentiel*, Flammarion, 2008 ; J'ai lu, 2009.

Maurel Joëlle, *Guérir, un chemin d'amour et de conscience*, Guy Trédaniel, 2019.

Ostrom Elinor, *La Gouvernance des biens communs*, De Boeck, 2010.

Rosenberg Marshall, *La Communication non violente au quotidien*, Jouvence, 2018.

Servigne Pablo, Chapelle Gauthier, *L'Entraide. L'autre loi de la jungle*, Les Liens qui libèrent, 2019.

Quelques films pour aller plus loin

Brillant Stéphanie, *Le Cerveau des enfants. Un potentiel infini*, France, 2018.

Decoust Michèle, *Auroville. Vers une écologie spirituelle*, France, 2018.

Dion Cyril, *Animal*, France, 2021.

Dion Cyril, Laurent Mélanie, *Demain*, France, 2015.

Berthaud Fabienne, *Un monde plus grand*, France, 2019.

Bertrand Perrine, Grill Yan, *Être avec les abeilles*, France, 2021.

Bier Susanne, *Love is all you need*, Danemark, 2012.

Faulhaber Cécile, *L'Autre Connexion*, France, 2018.

HEINEN Renata, WINTERS Rolf, *Down to Earth* (*Gardiens de la Terre*), Royaume-Uni, 2015.

TRICHET Antoine, *Les Mains dans la terre. Naissance d'un écovillage*, France, 2021.

Une étude clé

WWF, *Le Défi climatique des villes*, 2018 (les villes sont responsables de plus de 70 % des émissions de gaz à effet de serre).

Des vidéos et des chaînes intéressantes

- Mary M (Mary Mombrun) : « La violence des femmes et l'enfantement du monde », YouTube, 20 avril 2020.
- Vivre en amour avec la vie : WebTV de Mary M, sur YouTube.
- Global Oneness Project, sur YouTube.
- Nudgee Ecosysteme 3.0, sur YouTube : Nudgee a pour ambition de rassembler en un seul site tous les produits et services qui sont bons pour les êtres humains et la planète, exclusivement bio-éco-éthiques.
- Charles Eisenstein, sur YouTube.
- Bruce H. Lipton, sur YouTube.

Des sites Web à consulter

- Le rucher école, une formation à l'apiculture naturelle pour tous : www.rucherecole.fr.
- Bruce Lipton : www.brucelipton.com.
- Justin Michael Williams, « The Revolution starts Inside. I am my Free Master » : justinmichaelwilliams.mykajabi.com.

Remerciements

Je remercie les proches, amis, patients et collègues engagés qui m'ont inspiré,

Ondrej Bederka pour ses délicates illustrations,

Sophie Rouanet pour sa confiance et son enthousiasme créatif, ainsi qu'Isaure Auzou pour son accompagnement tout en finesse.

DU MÊME AUTEUR (suite)

Le Syndrome de Calimero, Albin Michel, 2017.

Les Relations fusionnelles. Je ne suis rien sans toi, Eyrolles, 2016.

Petites peurs ou grosses terreurs. Apaiser son enfant pour l'aider à grandir : peur du noir, de l'école, des grands, de dormir, d'être abandonné, Leduc, 2016.

La Folie cachée. Survivre auprès d'une personne invivable, Albin Michel, 2015.

L'Emprise affective. Sortir de sa prison, Eyrolles, 2014.

Hypersensibles. Trop sensibles pour être heureux ?, Eyrolles, 2012.

Le Transfert. Pour qui me prenez-vous ?, Eyrolles, 2012.

Renaître après un traumatisme, Eyrolles, 2011.

L'Inconscient. Qui suis-je sur l'autre scène ?, Eyrolles, 2011.

Les Amours impossibles. Accepter d'aimer et d'être aimé, Eyrolles, 2011.

Le Chant des songes (roman), Persée, 2010.

La Perversion. Renverser le monde, Eyrolles, 2010.

Le Surmoi. Il faut, je dois..., Eyrolles, 2009.

Le Sentiment d'abandon. Se libérer du passé pour exister par soi-même, Eyrolles, 2008.

Oser s'aimer. Développer la confiance en soi, Eyrolles, 2008.

Vivre en relation. S'ouvrir et rencontrer l'autre, Eyrolles, 2006.

Faire la paix avec soi-même, Eyrolles, 2003.

Ce livre existe grâce au travail de toute une équipe.

Communication : Caroline Babulle, Solveig de Plunkett, Sabrina Bendali, Inès Paulin, Adélaïde Yvert.

Coordination administrative : Martine Rivierre.

Studio : Pascaline Bressan, Barbara Cassouto-Lhenry, Joël Renaudat.

Fabrication : Muriel Le Ménez, Céline Ducournau, Bernadette Cristini, Sophia Paroussoglou, Isabelle Goulhot.

Commercial, relation libraires et marketing : Catherine Lauprêtre, Ombeline Ermeneux, Élise Iwasinta, Arthur Rossi, Joséphine Saint-Paul, Aurélie Scart.

Cessions de droits : Elisabeth Stempak, Benita Edzard, Lucile Besse, Sonia Guerreiro, Costanza Corri.

Gestion : Sophie Veisseyre, Chloé Hocquet, Isabelle Déxès, Pierre Ekel.

Services auteurs : Viviane Ouadenni, Jean-François Rechtman, Catherine Reimbold, Anita Sevenant.

Ressources humaines : Mylène Bourreau, Carine Duchampt.

Juridique : Laëtitia Doré, Anaïs Rebouh, Valérie Robe, Lucie Bergeras, Julia Crosnier.

Avec le soutien des équipes d'Interforum et d'Editis qui participent à la création, la diffusion et la distribution de ce livre.

Canoros Vehit Canentes

Composition et mise en pages
par Nord Compo Villeneuve-d'Ascq

#lisez engagé !

Pour plus d'information :

www.lisez.com

Imprimé sur du papier issu de forêts gérées durablement.

Achevé d'imprimer en novembre 2023
par Normandie Roto Impression s.a.s.
N° éditeur : 66137/01 – N° imprimeur : 2304618

Imprimé en France